KB116882

영어권 선교를 하는 분들을 위한

선교영어

Pocket Mission English

김완수 지음

해피&북스

영어권 선교를 하는 분들을 위한
포켓 선교영어

초판1쇄 2019년 3월 27일

지은이 I 김완수
펴낸이 I 채주희
펴낸곳 I 해피&북스
등록번호 I 제 13-1562호(1985.10.29.)
등록주소 I 서울시 마포구 신수동 448-6
전화 I (02) 323-4060, 6401-7004
팩스 I (02) 323-6416
메일 I elman1985@hanmail.net
ISBN 978-89-5515-648-5

값 12,800 원

영어권 선교를 하는 분들을 위한

선교영어

Pocket Mission English

김완수 지음

해피&북스

머리말

해외 선교를 하는데 있어서 어학 능력은 몹시 중요하다. 선교하고자 하는 지역이나 나라의 언어를 구사하지 못한다면 선교에 애로가 많을 것이다. 하지만 선교를 위한 어학교재는 거의 없는 현실이다.

그래서 영어권 선교를 하는 분들을 위해 휴대하기 간편한 포켓용 선교 영어책을 쓰게 되었다. 이 책은 영어 왕초보자라도 누구나 이용할 수 있도록 쉽고도 유용한 표현을 중점적으로 다루었다. 전도에 유용한 표현, 기도에 유용한 표현, 쉬운 영어 복음송, 해외여행과 일상생활에 유용한 표현을 핵심내용으로 하였다. 특별히 영어 공부한 지가 오래된 나이든 분들을 배려하여 영어발음을 한글로 표기해 놓았다.

모쪼록 이 작은 책자가 하나님의 나라를 확장하기 위해

애쓰는 분들에게 다소나마 도움이 되기를 바란다. 늘 휴대하며 꾸준히 학습하는 가운데 하루 속히 영어에 친숙해지길 간절히 바란다.

2019. 2. 26.

저자 김완수

목차

전도를 위한 영어표현

영어 기도

영어 복음송

해외여행 영어표현

일상 회화표현

부록

전도를 위한 영어 표현

■
■
■
■

처음 만나자 마자 '예수 믿으세요' 라든가 '예수 천당', '불신 지옥' 등의 표현을 쓰면 상대방이 거부감이 들 것이다. 예의 바르게 인사를 하며 말을 걸고 '어떤 믿음이 있으세요?' 등의 표현을 쓰며 말을 시작하면 좋을 것이다.

▶ **Excuse me. Do you have any spiritual beliefs?**
익스큐즈 미 두 유 해브 에니 스삐리츄얼 빌립스
실례합니다. 당신은 어떤 영적인 믿음이 있습니까?

▶ **Excuse me. Are you a Christian?**
익스큐즈 미 아 유 어 크리스쳔
실례합니다. 당신은 기독교인이세요?

▶ **Hi. Nice to meet you. I'm Korean.**
하이 나이스 투 미츄 아임 코리언
안녕하세요. 만나서 반갑습니다. 저는 한국인이에요.

▶ **I am a Christian. Do you believe in God?**
아이머 크리스쳔 두유 빌리브 인 갓
저는 기독교인입니다. 당신은 하나님을 믿으세요?

▶ **Do you know Jesus? He is the son of God.**
두 유 노우 지저스 히 이즈더 썬 오브 갓
당신은 예수님을 아세요? 그는 하나님의 아들이십니다.

▶ **God sent Jesus to the World to save the sinners.**
갓 쎈트 지저스 투더 월드 투 쎄이브더 씨너ㄹ즈
하나님이 죄인들을 구원하기 위해서 예수님을 세상에 보내셨다.

▶ **We are all sinners. Sin is not just to kill or to steal.**

위 아 올 씨너르즈 씬 이즈 낫 저슷투 킬 오어투 스띠일

우리는 모두 죄인입니다. 죄는 단지 죽이거나 도둑질하는 것만이 아닙니다.

▶ **All disobedience to God is sin.**

올 디즈비디언스 투 갓 이즈 씬

하나님께 모든 불순종은 죄입니다.

▶ **We commit sins when we live to please ourselves rather than God.**

위 커밑 씬즈 웬 위 리브투 플리이즈 아우어쎌브즈 뢔더댄 갓

우리는 하나님보다 우리 자신을 즐겁게 하기 위해서 살 때 죄를 짓습니다.

▶ **We commit sins a lot of sins every day.**

위 커밑 씬즈 어라러(브)씬즈 에브리데이

우리는 날마다 많은 죄를 죄습니다.

▶ **Do you think so?**

두 유 띵 쏘우

당신도 그렇게 생각하세요?

▶ **Jesus died on the Cross to save the sinners.**
지저스 다이드 언더크로스 투 쎄이브더 씨너ㄹ즈
예수님은 죄인들을 구원하기 위해서 십자가에서 돌아가셨습니다.

▶ **In other words, Jesus died to save you and me.**
인 아더 워즈 지저스 다잇투 쎄이뷰 앤 미
다른 말로 해서, 예수님은 당신과 저를 구원하기 위해 죽으셨습니다.

▶ **You must believe that Jesus died on the Cross to save you.**
유 머슷 빌리브 댓 지저스 다이드 언더 크로스 투 쎄이뷰
당신은 예수님이 당신을 구원하기 위해서 죽으셨다는 걸 믿어야 합니다.

▶ **We are saved by faith.**
위 아 쎄이브드 바이 훼이스
우리는 믿음으로 구원을 받습니다.

▶ **We must believe that Jesus is our Savior.**
위 머슷 빌리브 댓 지저스 이즈 아우어 쎄이비어
우리는 예수님이 우리의 구세주라는 걸 믿어야 합니다.

▶ **Believe in your heart that Jesus saved you.**

빌리브 이뉴어 하르트 댓 지저스 쎄이브듀

당신의 마음으로 예수님이 당신을 구원하셨다는 것을 믿으십시오.

▶ **Only Jesus can save us.**

오운리 지저스 캔 쎄이버스

예수님만이 우리를 구원할 수 있습니다.

▶ **The Bible says, "Salvation is found in no one else."**

더 바이블 쎄즈 쌜베이션 이즈 화운드 인노완엘즈

성경은 "구원이 다른 이로서는 얻을 수 없다" 고 말합니다.

▶ **Jesus said, "I am the way and the truth and the life. No one comes to the Father except through me."**

지저스 쎄드 아이엠 더 웨이 앤 더 츠루스 앤 더 라이프 노우 원 컴즈 투 더 화더 익셉트 쓰루 미

예수님은 말씀하셨습니다. "내가 길이요 진리요 생명이다. 나를 통해서 말고는 아무도 아버지에게 올 자가 없다."

▶ **All of us are sentenced to death because of our sins.**

올러브어즈 아 쎈텐스투 데쓰 비코즈 어바우어 씬즈

우리 모두는 우리의 죄 때문에 죽음의 선고를 받았습니다.

▶ **Jesus died to forgive our sins and give us eternal life.**
지저스 다이투 훠기브 아우어 씬즈 앤 기버즈 이터널 라이프
예수님은 우리의 죄를 용서하고 영생을 주기 위해서 죽었습니다.

▶ **So we should repent of our sins and believe that Jesus saves us.**
소우 위슛 리펜터브 아우어씬즈 앤 빌리브 댓 지저스 쎄이브저즈
그래서 우리는 우리의 죄를 회개해야만 하고 예수가 우리를 구원하는 것을 믿어야 합니다.

▶ **God loves us. So he gave his only son Jesus to us.**
갓 러브즈어즈 쏘우 히게이브 히즈오운리썬 지저스 투어즈
하나님은 우리를 사랑하셨습니다. 그래서 그는 외아들 예수를 우리에게 주셨습니다.

▶ **God is the Creator of all the universe. God is almighty.**
갓 이즈더 크리에이터 어볼더 유니버ㄹ즈 갓 이즈 올마이티
하나님은 모든 우주의 창조주이십니다. 하나님은 전능하십니다.

▶ **God is alive. God is eternal. God is unchanging.**
가디즈 얼라이브 가디즈 이터널 가디즈 언체인징
하나님은 살아 계십니다. 하나님은 영원하십니다. 하나님은 변함이 없습니다.

▶ **God is holy. God is just and righteous.**
가디즈 호울리 가디즈 저슷탠 롸이쳐즈
<u>하나님은 거룩하십니다. 하나님은 공정하고 정의로우십니다.</u>

▶ **God hates sin. God is faithful.**
갓 헤이츠 씬 가디즈 훼이쓰풀
<u>하나님은 죄를 미워하십니다. 하나님은 성실하십니다.</u>

▶ **God did not make man a robot.**
갓 디드낫 메익 매너 로우벗
<u>하나님은 인간을 로버트로 만들지 않았습니다.</u>

▶ **He gave man free will to choose the right or the wrong.**
히 게이브 맨 후리 윌 투 추즈 더 롸잇 오어 더 뤙
<u>그는 인간에게 옳은 것이나 그른 것을 선택하는 자유의지를 주었습니다.</u>

▶ **He wants man to love Him out of that freedom.**
히 원츠 맨 투 러브 힘 아우러브 댓 후리덤
<u>그는 인간이 그를 그러한 자유로부터 사랑하기를 원하십니다.</u>

▶ **You need to know the truth about God.**
유 니드 투 노우 더 츠루쓰 어바웃 갓
<u>**당신은 하나님에 관한 진리를 아는 것이 필요합니다.**</u>

▶ **If you want to know more about God, please go to church.**
이퓨 워너 노우 모어 러바웃 갓 플리즈 고우투 처르취
<u>**만약에 당신에 하나님에 관해 더 많이 알고 싶으면, 교회에 다니세요.**</u>

▶ **Do you want to talk with me another time?**
두 유 워너 토크 위드미 어너더 타임
<u>**당신은 또 한 번 저와 함께 이야기하길 원하세요?**</u>

▶ **If you don't mind, I'd like to talk with you again.**
이퓨 돈 마인 아이드라익투 토크 위드유 어겐
<u>**만약에 당신이 괜찮으시다면, 다시 당신과 이야기하고 싶습니다.**</u>

▶ **Thank you very much. God bless you.**
땡 큐 베리 머치 갓 블레스유
<u>**대단히 고맙습니다. 하나님이 당신을 축복하길 빕니다.**</u>

memo

영어기도

■
■
■
■

전도를 하는 사람에게나 예배 때나 남의 가정을 방문했을 때 등 영어로 기도를 할 경우가 많다. 이 글에서는 영어실력이 왕초보라도 쉽게 영어기도를 할 수 있도록 기도의 유형을 단계적으로 정리하고 유용하고 간결한 표현을 사용하여 재미있게 배울 수 있게 하였다.

▶ **Lord** 로드 **주님** | **O Lord** 오 로드 **오 주님** | **God** 갓 **하나님** | **O God** 오 갓 **오 하나님**

▶ **My God** 마이 갓 **나의 하나님** | **Father** 화더 **아버지** | **Father in heaven** 화더린 헤븐 **하늘에 계신 아버지**

▶ **Jesus** 지저스 **예수님** | **Dear God** 디어 갓 **사랑하는 하나님** | **Dear Lord** 디어 로드 **사랑하는 주님**

▶ **Living God** 리빙 갓 **살아계신 하나님** | **God of love** 가더브 러브 **사랑의 하나님** | **Lord of love** 로더브 러브 **사랑의 주님**

▶ **Holy Spirit** 호울리 스삐릿 **성령님** | **Merciful God** 머씨플 갓 **자비로운 하나님** | **Almighty God** 얼마이티 갓 **전능하신 하나님**

▶ **Gracious God** **O Lord, my God** **O God, my Father**
그레이셔스 갓 오 로드 마이 갓 오 갓 마이 화더
은혜로우신 하나님 **오 주님, 나의 하나님** **오 하나님, 나의 아버지**

▶ **O God, My Savior** **God full of love and grace**
오 갓 마이 쎄이비어 갓 풀러브 러브 앤 그뤠이스
오 하나님, 나의 구세주 **사랑과 은혜가 풍성하신 하나님**

▶ **Thank you, God.**
땡큐 갓
하나님, 감사합니다.

▶ **I give thanks to you, Lord.**
아이깁 땡스 투유 로드
주님, 감사드립니다.

▶ **Jesus Dear God Dear Lord**
지저스 디어 갓 디어 로드
예수님 사랑하는 하나님 사랑하는 주님

▶ **O Lord, thanks for your love.**
오 로드 땡스 훠 유어 러브
오 주님, 사랑해주셔서 감사드립니다.

▶ **O God, thank you for your help.**
오 갓 땡큐 훠 유어 헬프
오 하나님, 도와주셔서 감사드립니다.

▶ **O God, my Father, thank you for your protection.**
오 갓 마이화더ㄹ 땡큐 훠 유어 프로텍션
오 하나님, 나의 아버지, 보호해주셔서 감사합니다.

▶ **Lord of grace, thank you for your salvation.**
로더브 그뤠이스 땡큐 훠 유어 쌜베이션
은혜의 주님, 구원해주셔서 감사합니다.

▶ **Lord, thank you for your love and grace.**
로드 땡큐 훠 유어 러브 앤 그뤠이스
주님, 사랑과 은혜 감사드립니다.

▶ **Please forgive me.**
플리즈 훠깁 미
저를 용서해주십시오.

▶ **Please forgive my sins and errors.**
플리즈 훠깁 마이 씬잰 에러즈
저의 죄와 잘못을 용서해주세요.

▶ **O God, I did a lot of bad things. Please forgive me.**
오 갓 아이딧 어라러(브) 배드띵즈 플리즈 훠깁 미
오 하나님, 저는 많은 나쁜 짓을 했습니다. 저를 용서해주십시오.

▶ **O Lord, forgive me. I committed lots of sins**
오 로드 훠깁 미 아이 커미팃 랏스어브씬즈
during the last week.
뒤링 더 래스트 윅
오 주님, 저를 용서해주세요. 저는 지난 한 주 동안 많은 죄를 지었습니다.

▶ **Father, I am very sorry that I did not obey Your**
화더 아이엠 베리 쏘리 대라이 딧낫 오베이 유어
Word and Your will.
워 댄 유어 윌
<u>**하나님 아버지, 제가 하나님의 말씀과 뜻을 순종하지 못해서 죄송합니다.**</u>

▶ **Jesus, I did not follow Your will.**
지저스 아이 딧 낫 활로우 유어 윌
<u>**예수님, 제가 주님의 뜻을 따르지 못했습니다.**</u>

▶ **God, I sometimes forget You and Your love.**
가라이 썸타임즈 훠겟 유 앤 유어 러브
<u>**하나님, 저는 때때로 당신과 당신의 사랑을 잊습니다.**</u>

▶ **Hear my prayer.**

히어ㄹ 마이 프레어ㄹ

제 기도를 들어주세요

▶ **Hear me and answer my prayer!**

히어ㄹ 미 앤 앤써ㄹ 마이 프레어ㄹ

제 말을 들으시고 제 기도를 응답해주세요.

▶ **Answer me, Lord.**

앤써ㄹ 미 로드

주님, 응답해주세요.

▶ **I am in trouble, God. Hear my prayer!**

아에민 츠러블 갓 히어ㄹ 마이 프레어ㄹ

하나님, 제가 고통 중에 있습니다. 제 기도를 들어주세요!

▶ **Give me strong faith.**

깁 미 스뜨롱 웨이스

저에게 강한 믿음을 주세요.

▶ **Give me wisdom.**

깁　　미 위즈덤

<u>**저에게 지혜를 주세요.**</u>

▶ **Give me power.**

깁　　미 파우워

<u>**저에게 능력을 주세요.**</u>

▶ **Help me now!**
헬 미 나우
<u>**지금 저를 도와주세요!**</u>

▶ **Help me to speak English well.**
헬 미 투 스삑 잉글리쉬 웰
<u>**제가 영어를 잘 하도록 도와주세요.**</u>

▶ **Come to me and save me.**
컴 투 미 앤 쎄이브 미
<u>**저에게 오셔서 저를 구해주세요.**</u>

▶ **I am weak and helpless. Come to me, O God.**
아엠 위 캔 헬프리스 컴 투 미 오 갓
<u>**저는 약하고 무력해요. 오 하나님, 저에게 와주세요.**</u>

▶ **Be merciful to me, O God, because of your constant love.**
비 머르시플 투 미 오 갓 비커즈 어뷰어 컨스턴 러브
<u>**오 하나님, 당신의 변함없는 사랑으로 인하여, 저에게 자비를 베풀어주세요.**</u>

▶ **Be with me and keep me safe, O God.**
비 위드 미 앤 킵 미 쎄입 오 갓
오 하나님, 저와 함께 하시고 안전하게 지켜주세요.

▶ **Don't stay far away, O God. Hurry to help me.**
도운 스떼이 화러웨이 오 갓 허리 투 헬 미
오 하나님, 멀리 떨어져 있지 마세요. 서둘러서 저를 도와주세요.

▶ **I am in pain and despair.**
아이엠 인페인 앤 디스페어
저는 고통과 절망에 빠져 있습니다.

▶ **Lift me up, O God, and save me!**
리프트 미업 오 갓 앤 쎄이브 미
오 하나님, 저를 들어 올리셔서 구해주십시오!

▶ **O God, wipe away my sins because of Your great mercy.**
오 갓 와이퍼웨이 마이 씬즈 비커저브 유어 그뤠잇 머ㄹ씨미
오 하나님, 당신의 크신 자비로 인하여, 저의 죄를 (닦아) 없애주세요.

▶ **Wash away all my evil and make me clean from my sin!**
워시어웨이 올 마이 이블 앤 메익 미 클리인 프럼 마이 씬
모든 나의 악을 씻어버리시고 저의 죄로부터 저를 깨끗하게 해주세요!

▶ **Hear my prayer, O God, and don't turn away from my plea.**
히어ㄹ 마이프레어ㄹ 오갓 앤 도운 터너웨이 프럼 마이 플리
오 하나님, 저의 기도를 들으시고 저의 탄원을 외면하지 말아주세요.

▶ **Jesus, remove my sin, and I will be clean.**
지저스 리무브 마이씬 애나이 윌 비 클리인
예수님, 저의 죄를 없애주세요. 그러면 저는 깨끗해질 것입니다.

▶ **Wash me, and I will be whiter than snow.**
워쉬 미 애나이 윌 비 와이러 댄 스노우
저를 씻어주세요. 그러면 저는 눈보다 더 희어질 것입니다.

▶ **God be merciful to us and bless us!**

갓 비 머시플 투어즈 앤 블레스어스

하나님이 우리에게 자비를 베푸시고 축복해주시기를 빕니다.

▶ **Lord, close Your eyes to my sins and erase all of my evil deeds.!**

로드 클로우즈유어라이즈 투마이 씬즈 앤 이뤠이즈 올러브마이 이블디즈

주님, 저의 죄에 눈을 감으시고 모든 나의 악을 닦아 없애주세요.

▶ **Create a pure heart in me, o God.**

크리에이터 퓨어하트 인미 오 갓

오 하나님, 내 안에 순수한 마음을 만들어주세요.

▶ **Put a new and loyal spirit in me.**

푸러 뉴 앤 로열 스삐리틴 미

내 안에 새롭고 충성스런(성실한) 영을 넣어주세요.!

▶ **Jesus, give me again the joy that comes from Your salvation.**

지저스 깁 미 어겐 더 조이 댓 컴즈 프럼 유어 쌜베이션

예수님, 저에게 다시 당신의 구원으로부터 오는 기쁨을 주세요.

▶ **Don't punish me in Your anger!**

도운 퍼니쉬 미 이뉴어 앵거ㄹ

당신의 분노 속에서 저를 벌하지 말아주세요!

▶ **I am worn out, o Lord. Have pity on me!**

아엠 원 아웃 오 로드 해브 피디 언 미

오 주님, 저는 지쳤습니다. 저를 불쌍히 여겨주세요!

▶ **God, help me to live only for you and always for your glory.**

갓 헬 미 투 리브 오운리 퍼유 앤 올웨이즈 퍼 유어 글로리

하나님, 제가 당신을 위해서 그리고 항상 당신의 영광을 위해서 살도록 도와주세요.

▶ **Lord, give me the courage to face the future and to**

로드 깁 미 더 커리쥐 투 훼이스 더 퓨처 앤 투

accomplish Your plan for my life.

어컴플리쉬 유어 플랜 훠 마이 라이프

주님, 저에게 미래에 직면하고 제 삶에 대한 당신의 계획을 성취할 용기를 주십시오.

▶ **Encourage us and strengthen us as we try to do Your work.**

인커리쥐 어즈 앤 스뜨렝쓴 어즈 애즈위 츠라이투두 유어 웍

우리가 당신의 일을 하고자 애쓸 때 우리를 격려하고 강하게 해주세요.

▶ **God, give us the faith to receive Your Word and the**
갓 기버즈 더 웨이스 투 뤼씨브 유어 워 댄 더
courage to put it into practice in our lives.
커리쥐 투 푸릿 인투 프랙티스 이나우어 라이브즈
하나님, 우리에게 당신의 말씀을 받아드리는 믿음과 그것을 우리의 삶 속에서 실천하는 용기를 주십시오

▶ **God, we want to glory You.**
갓 위 워너 글로리 유
하나님, 우리는 당신에게 영광 돌리기를 원합니다.

▶ **Make us Your hands and feet.**
메이커즈 유어 핸즈 앤 핏
우리를 당신의 손과 발로 삼으십시오.

▶ **Answer me when I call to you, Almighty God.**
앤써 미 웬 아이 콜 투유 올마이티 갓
전능하신 하나님, 제가 부르면 응답해주십시오.

▶ **Give me relief from my distress.**
깁 미 릴리프 프럼 마이 디스뜨레스
고통 중에 있는 저에게 위안을 베풀어주세요.

▶ **O God, give me strength.**
오 갓 깁 미 스뜨렝스
오 하나님, 저에게 힘을 주세요.

▶ **I am completely exhausted and my whole being is**
아이엠 컴플리뜰리 이그조스팃 앤 마이 호울 빙 이즈
deeply troubled.
디쁠리 츠러블드
저는 완전히 지쳤고 저의 전부는 깊은 고통에 처해 있습니다.

▶ **Listen to my words, o Lord, and hear my sighs.**

리슨 투 마이 워즈 오 로드 앤 히어ㄹ 마이 싸이즈

오 주님, 제 말에 귀를 기울이시고 제 한숨을 들어주세요.

▶ **Remember me, Lord.**

리멤버 미 로드

주님, 저를 기억해주세요.

▶ **Turn to me and be merciful to me, because I am**

턴 투 미 앤 비 머시플 투 미 비커즈 아엠

lonely and weak.

로운리 앤 윅

저를 향하시고 저에게 자비를 베풀어주세요. 왜냐하면 제가 외롭고 나약하기 때문입니다.

▶ **Relieve me of my worries and save me from all my troubles.**

릴리브 미 어브마이 워리즈 앤 쎄이브미 프럼 올 마이 츠러블즈

저에게서 걱정을 없애주시고 모든 곤란에서 저를 구해주세요.

▶ **Consider my distress and suffering, and forgive all my sins.**

컨씨더ㄹ 마이 디스츠레스 앤 써퍼링 앤 퍼기브 올 마이 씬즈

저의 괴로움과 고통을 배려해주시고 모든 저의 죄를 용서해주세요.

▶ **I am worn out with grief.**

아엠 원 아웃 위드 그립

저는 슬픔으로 지쳤습니다.

▶ **Every night my bed is damp from my weeping.**

에브리 나잇 마이 베디즈 댐ㅍ 프럼 마이 위핑

매일 밤 저의 침대는 눈물 때문에 축축합니다.

▶ **My pillow is soaked with tears.**

마이 필로우이즈 쏘욱트 위드 티어즈

나의 베개는 눈물로 흠뻑 젖습니다.

▶ **Listen to my cry. Don't forget my suffering and trouble.**

리쓴 투 마이크라이 도운 퍼겟 마이 써퍼링 앤 츠러블

나의 외침에 귀를 기울여주세요. 저의 고통과 곤란함을 잊지 말아주세요.

▶ **Protect me, o God; I trust in You for safety.**

프로텍트 미 오 갓 아이 츠러스틴유 퍼 쎄이프티

오 하나님, 저를 보호해주세요. 저는 안전에 대하여 당신을 믿습니다.

▶ **God, save me from this suffering.**

갓   쎄이브 미 프럼 디스 써퍼링

<u>**하나님, 이 고통으로부터 저를 구해주십시오.**</u>

▶ **O God, why am I so sad? Why am I so troubled?**

오 갓 와이 엠아이쏘 쌔ㄷ 와이 엠아이 쏘 츠러블드

<u>**오 하나님, 왜 저는 몹시 슬플까요? 왜 저는 몹시 괴로울까요?**</u>

▶ **I will put my hope in You. Once again I will praise You.**

아 윌 풋 마이 호우핀유 원스 어겐 아이 윌 프레이즈유

<u>**저는 당신 안에 희망을 두겠어요. 다시 한 번 저는 당신을 찬양할 거예요**</u>

▶ **You are the source of my happiness.**

유 아 더 쏘ㄹ스 오브마이 해피니스

<u>**당신의 저의 행복의 원천이십니다.**</u>

▶ **O Lord, I am in despair. Please give me courage.**

오 로드 아이에민 디스페어 플리즈 깁 미 커리쥐

<u>오 주님, 저는 절망 중에 있습니다. 저에게 용기를 주십시오.</u>

▶ **I am overcome by sorrow. Please strengthen me.**

아이엠 오버ㄹ컴 바이써로우 플리즈 스뜨렝쓴 미

<u>저는 슬픔으로 지쳐있습니다. 저를 강하게 해주세요.</u>

▶ **God, heal sick people and console sad people.**

갓 힐 씩 피플 앤 컨쏘울 쌔드 피플

<u>하나님, 아픈 자들을 고쳐주시고 슬픈 자들을 위로하여주세요.</u>

▶ **O Lord, You are always my shield from danger.**
오 로드 유 아 올웨이즈 마이쉴드 프럼 데인줘
오 주님, 당신은 항상 위험을 막아주는 저의 방패이십니다.

▶ **You give me victory and restore my courage.**
유 깁 미 빅토리 앤 리스또어 마이 커리쥐
당신은 저에게 승리를 주시고 용기를 회복시켜주십니다.

▶ **O God, You are always near me, so I am thankful and glad.**
오 갓 유 아 올웨이즈 니어 미 쏘 아엠 땡크플 앤 글랫

▶ **O Lord, Your greatness is seen in all the world.**
오 로드 유어 그뤠잇니스 이즈씬 인 올 더 월
오 주님, 당신의 위대함이 온 세상에 보입니다.

▶ **Lord, You are all I have, and You give me all I need.**

로드 유 아 올 아이 해브 앤 유 깁 미 올 아이 닛

주님, 당신은 제가 가진 전부이시고, 당신은 저에게 제가 필요한 전부를 주십니다.

▶ **My future is in Your hands.**

마이 퓨처 이즈 이뉴어 핸즈

저의 미래는 당신의 손 안에 있습니다.

▶ **I praise You. I praise Your name.**

아이 프레이쥬 아이 프레이쥬어 네임

저는 당신을 찬양합니다. 저는 당신의 이름을 찬양합니다.

▶ **Lord, You are my shepherd.**
로드 유 아 마이 쉐퍼드
주님, 당신은 저의 목자이십니다.

▶ **You let me rest in fields of green grass.**
유 렛 미 뤠스틴 필즈 어브 그린 그래스
당신은 저를 녹색 초장에 쉬게 하십니다.

▶ **You give me new strength.**
유 깁 미 뉴 스뜨렝스
당신은 저에게 새 힘을 주십니다.

▶ **You guide me in the right paths.**
유 가이드 미 인 더 롸잇 패쓰
당신은 저를 옳은 길로 인도하십니다.

▶ **Lord, even if I go through the deepest darkness,**

로드 이브니프 아이고우쓰루 더 디피스트 다크니스

I will not be afraid, because You are with me.

아이 윌 낫 비 어프레이드 비커즈 유 아 위드 미

주님, 제가 가장 깊은 어둠 속을 통과해 갈지라도

저는 두렵지 않을 것입니다. 왜냐하면 당신이 저와 함께 하시기 때문입니다.

▶ **God, I believe that Your goodness and love will be**

갓 아이 빌리브 댓 유어 굿니스 앤 러브 윌 비

with me all my life.

위드 미 올 마이라이프

하나님, 저는 당신의 선하심과 사랑이 내 평생 저와 함께 할 것이라고 믿습니다.

▶ **Lord, You are my light and my salvation, so I won't fear anyone.**

로드 유 아 마이 라잇 앤 마이 쌜베이션 쏘아이 워운 피어 에니원

주님, 당신은 저의 빛이시오 저의 구원이십니다. 그래서 아무도 두려워 하지 않을 것입니다.

▶ **My trust is in You; You are my God.**

마이 츠러스티즈인유 유 아 마이 갓

제 믿음은 당신 안에 있습니다. 오 주님, 당신은 나의 하나님이십니다.

▶ **My father and mother may abandon me,**

마이 파더 앤 머더 메이 어밴던 미

but the Lord will take care of me.

벗 더 로드 윌 테익 케어러브 미

저의 아버지와 어머니는 저를 포기할지도 모릅니다.

하지만 주님은 저를 돌보실 것입니다.

▶ **O God, You are the source of all life,**

오 갓 유 아 더 쏘르스 어볼 라이프

and because of Your life we see the light.

앤 비커즈 어뷰어 라입 위 씨 더 라잇

오 하나님, 당신은 모든 생명의 근원이십니다.
그래서 당신의 생명 때문에 우리는 빛을 봅니다.

▶ **How precious, o God, is Your constant love!**

하우 프레셔스 오 갓 이즈 유어 컨스턴ㅌ 러브

오 하나님, 당신의 변함없는 사랑이 얼마나 소중한지요!

▶ **We find protection under Your wings.**

위 파인 프로텍션 언더 유어 윙즈비

우리는 당신의 날개 아래서 보호를 발견합니다.

▶ **God, You are my shelter and my strength.**

갓 유 아 마이 쉘터ㄹ 앤 마이 스뜨렝스

<u>**하나님, 당신은 나의 피난처요 힘이십니다.**</u>

▶ **O Lord, our Lord, how majestic is Your name in all the earth!**

오 로드 아우어로드 하우 머제스틱 이즈유어네임 인 올 디 어ㄹ스

<u>**오 주님, 우리의 주님, 당신의 이름은 온 남에 얼마나 장엄한지요!**</u>

▶ **Lord, I trust in You. I seek my happiness in You.**

로드 아이츠러스틴유 아이씩 마이 해피니스 이뉴

<u>**주님, 저는 당신을 믿습니다. 당신 안에서 저의 행복을 찾습니다.**</u>

▶ **I give myself to You.**

아이 깁 마이쎌프 투유

<u>**아이 깁 마이쎌프 투유**</u>

▶ **God, as a deer longs for a stream of cool water,**

갓 애즈어디어 롱즈 퍼러 스뜨리머브 쿨 워러

so I long for You.

쏘우아이 롱퍼유

하나님, 사슴이 시원한 물이 있는 시냇물을 갈앙하듯이,

저는 당신을 갈망합니다.

▶ **I thirst for You, the living God.**

아이 써스트 퍼유 더 리빙 갓

저는 살아계신 하나님, 당신을 갈망합니다.

▶ **You are my king and my God.**
유 아 마이 킹 앤 마이 갓
<u>**당신은 나의 왕이요 나의 하나님이십니다.**</u>

▶ **You give victory to Your people.**
유 깁 빅토리 투 유어 피플
<u>**당신은 당신의 백성에게 승리를 주십니다.**</u>

▶ **By Your power we defeat our enemies.**
바이 유어 파우어 위 디핏 아우어 에너미즈
<u>**당신의 능력으로 우리는 우리의 적을 패배시킵니다.**</u>

▶ **God, continue to love those who know You.**
갓 컨티뉴 투 러브 도우즈 후 노우 유
<u>**하나님, 당신을 아는 자들을 계속해서 사랑해주세요.**</u>

▶ **God, continue to do good to those who live right before You.**

갓 컨티뉴 투 두 긋 투 도우즈 후 리브 롸잇 비포어 유

<u>**하나님, 당신 앞에서 올바르게 사는 자들에게 계속해서 선을 베풀어주세요.**</u>

▶ **Lord, Your Words are true and all Your works are dependable.**

로드 유어 워즈 아 츠루 앤 올 유어 웍스 아 디펜더블

<u>**주님, 당신의 말씀은 진실하며 모든 당신의 일은 신뢰가 됩니다.**</u>

▶ **You love what is right and just;**

유 러브 워리스 롸잇 앤 저슷ㅌ

Your constant love fills the earth.

유어 커스턴 러브 필즈 디 어ㄹ스

<u>**당신은 의로운 것과 공정한 것을 사랑합니다. 당신의 변함없는 사랑이 지구를 가득 채웁니다.**</u>

▶ **Lord, You are my shepherd. I will lack nothing.**
로드 유 아 마이 쉐퍼드 아이 윌 랙 나씽
<u>주님, 당신은 저의 목자이십니다. 저는 아무것도 부족하지 않을 것입니다.</u>

▶ **You make me lie down in green pastures.**
유 메익 미 라이 다운 인 그린 패스춰즈
<u>당신은 저를 녹색 초장에 눕게 하십니다.</u>

▶ **You lead me beside quiet waters.**
유 리드 미 비싸이드 콰이엇 워러즈
<u>당신은 저를 조용한 물가로 인도하십니다.</u>

▶ **You refresh my soul.**
유 리프뤠쉬 마이 쏘울
<u>당신은 저의 영혼을 회복시키십니다.</u>

▶ **God, You are my God. Earnestly I seek You.**
갓 유 아 마이 갓 어ㄹ니스뜰리 아이씨큐
하나님, 당신은 나의 하나님이십니다. 진지하게 저는 당신을 찾습니다.

▶ **My soul thirsts for You. My body belongs to You.**
마이 쏘울 써스츠 퍼 유 마이 바디 빌롱즈 투 유
제 영혼은 당신을 갈망합니다. 저의 육체는 당신의 것입니다.

▶ **Lord, God Almighty, none is as mighty as You.**
로드 갓 올마이티 넌 이즈 애즈 마이티 애즈 유
주님, 전능하신 하나님, 당신만큼 강한 자는 아무도 없습니다.

▶ **Without You, God, there would be no world.**

위다우츄 갓 데어 웃 비 노 워ㄹ드

<u>하나님, 당신이 없다면, 세상은 전혀 존재하지 않을 것입니다.</u>

▶ **Your goodness is all around us.**

유어 굿니스 이즈 올러라운더즈

<u>당신의 선하심은 우리 주변 어디에나 있습니다.</u>

▶ **How lovely is Your dwelling place, o Lord Almighty!**

하우 러블리 이즈유어 드웰링 플레이스 오 로드 올마이티

<u>오 전능하신 하나님, 당신이 계신 곳은 얼마나 아름다운지요!</u>

▶ **My soul wants to see the courts of the Lord.**

마이 쏘울 원츠 투 씨 더 코ㄹ츠 어브더 로드

<u>제 영혼은 주님의 궁정을 보고 싶어 합니다.</u>

▶ **My heart and flesh cry out for the living God.**
마이 하ㄹ탠 플래쉬 크롸이아웃 퍼더 리빙 갓
제 마음과 육체는 살아 계신 하나님을 갈망합니다.

▶ **Lord, Your constant love reaches the heavens.**
로드 유어 컨스떤 러브 리취즈 더 헤븐즈
주님, 당신의 변함없는 사랑이 하늘에 닿습니다.

▶ **Your righteousness extends to the skies.**
유어 롸이쳐스니스 익스텐즈 투 더 스까이즈
당신의 의로움이 하늘에 이릅니다.

▶ **In the name of Jesus**
인 더　네이머브 지저스
예수의 이름으로 기도 드립니다.

▶ **In Jesus' name**
인 지저스 네임
예수의 이름으로 기도 드립니다.

▶ **In Christ's name.**
인 크로이스츠 네임
그리스도의 이름으로 기도 드립니다.

▶ **I pray in the name of Jesus.**
아이 프레이 인더 네이머브 지저스
예수님의 이름으로 기도 드립니다.

▶ **We pray all in Jesus' name.**
위 프레이 올 인 지저스 네임
모든 것을 예수님의 이름으로 기도 드립니다.

▶ **I pray all in the name of Jesus.**
아이 프레이 올 인더네이머브 지저스
모든 것을 예수님의 이름으로 기도 드립니다.

▶ **Through Jesus Christ our Lord.**
쓰루 지저스 크라이스트 아우어 로드
예수님의 이름으로 기도합니다.

▶ **Lord Jesus, I will sing praises to You forever.**
로드 지저스 아이윌 씽 프레이지즈 투 유 퍼레버
주 예수님, 저는 영원히 당신에게 찬양을 노래할 것입니다.

▶ **You are my best friend.**
유 아 마이 베슷 프렌드
당신의 저의 가장 좋은 친구이십니다.

▶ **You give me joy in my heart.**
유 깁 미 조이 인마이 하르트
당신은 제 마음 속에 가쁨을 주십니다.

▶ **You fill me with Your wisdom and knowledge.**
유 필 미 위드 유어 위즈덤 앤 널리지
당신을 저를 당신의 지혜와 지식으로 가득 채우십니다.

▶ **You turn my problems into victories.**

유 턴 마이 프라블럼즈 인투 빅토리즈

당신은 저의 문제를 승리로 바꾸십니다.

▶ **Father, thank You for all the wonderful things that You give to me.**

파더 땡 큐 퍼 올 더 원더플 띵즈 댓 유 깁 투 미

아버지여, 당신이 저에게 주시는 모든 놀라운 것들에 감사드립니다.

▶ **I have no fear because You give me faith.**

아이 햅 노우 피어 비커즈 유 깁 미 페이스

저는 당신이 저에게 믿음을 주시기 때문에 두려움이 없습니다.

▶ **Lord, You are my God. Your power is awesome.**
로드 유 아 마이 갓 유어 파우어리즈 오썸
<u>주님, 당신은 저의 하나님이십니다. 당신의 능력은 무섭습니다.</u>

▶ **You are mightier than a volcano.**
유 아 마이티어 대너 벌캐노우
<u>당신은 화산보다도 더 강력합니다.</u>

▶ **You are bigger than the ocean.**
유 아 비거 댄 디 오우션
<u>당신은 바다보다도 더 큽니다.</u>

▶ **You are everywhere at once, yet always with me.**
유 아 에브리웨어ㄹ 애륀스 옛 올웨이즈 위드 미
<u>당신은 동시에 어디에서 계십니다. 하지만 언제나 저와 함께 계십니다.</u>

▶ **I love You. All of my trust is in You.**

아이러브유 올러브 마이 츠러스티즈 이뉴.

당신을 사랑합니다. 제 믿음의 전부는 당신 안에 있습니다.

▶ **Trusting You keeps me happy!**

츠러스팅 유 킵스 미 해피

당신을 신뢰하는 것이 저를 행복하게 유지해줍니다!

▶ **Lord, Your love is so big it can't be measured.**

로드 유어 러브 이즈 쏘빅 잇 캔트비 메줘드

주님 당신의 사랑은 아주 커서 그것은 측량할 수 없습니다.

▶ **Please help me to be patient, dear Lord.**
플리즈 헬 미 투 비 페이션트 디어 로드
사랑하는 주님, 제가 인내하도록 도와주세요.

▶ **Sometimes I want something and I feel I must get it now.**
썸타임즈 아이 원 썸띵 앤 아이 필 아이머슷 게릿 나우.
때때로 저는 무언가를 원하고 지금 그것을 얻어야만 한다고 느낍니다.

▶ **Lord, make me learn to wait for Your answer**
로드 메익 미 러언 투 웨잇 퍼 유어 앤써ㄹ
even though it might not happen right away.
이븐 도우 잇 마잇 낫 해픈 롸이러웨이
주님, 당신의 응답이 당장 일어나지 않을지라도,
제가 그것을 기다리는 것을 배우게 하여 주십시오.

▶ **God, help us not to get angry easily.**
갓 헬퍼즈 낫 투 게랭그리 이질리
하나님, 우리가 쉽게 화내지 않도록 도와주십시오.

▶ **Sometimes we get angry and quarrel with other people.**
썸타임즈 위 게랭그리 앤 쿼럴 위드 아더 피플
때때로 우리는 화가 나서 다른 사람들과 다툽니다.

▶ **God, You say in the Bible that anger causes argument,**
갓 유 쎄이 인더 바이블 댓 앵거 커지즈 아규먼트
but patience brings peace.
갓벗 페이션스 브링즈 피스
하나님, 당신은 성경에서 분노는 논쟁을 일으키지만
인내는 평화를 가져온다고 말씀하십니다.

▶ **Heavenly father, I know praying is just talking to You.**

헤븐리 파더 아이 노우 프레잉 이즈 저슷 토킹 투유

하늘에 계신 아버지, 저는 기도하는 것이 다만 당신과 대화하는 것이라는 걸 압니다.

▶ **I can talk to You any time, anywhere.**

아이캔 톡 투 유 에니 타임 에니웨어ㄹ.

저는 어느 때나 어디서나 당신에게 이야기할 수 있습니다.

▶ **I talk to You sometimes while lying in bed.**

아이 톡투 유 썸타임즈 와일 라일 인 벳

저는 때때로 잠자리에 누워있는 동안 당신에게 이야기를 합니다.

▶ **I talk to You sitting, or standing, or even when I'm taking a walk.**

아이 톡투 유 씨딩 오어 스땐딩 오어 이븐 웬 아임 테이킹어 웍

저는 앉거나 서서 또는 심지어 산책을 하면서도 당신에게 이야기를 합니다.

▶ **Sometimes I kneel down and worship You.**

썸타임즈 아이 닐 다운 앤 워쉽 유

때때로 무릎을 꿇고 당신에게 예배를 드립니다.

▶ **When I worship You, I can feel Your presence all around me.**

웬 아이 워쉽 유 아이캔 필 유어 프레즌스 올 어라운드 미

당신에게 예배할 때, 저는 제 주변 사방에서 당신의 임재를 느낍니다.

▶ **O God, You say in the Bible that we can't please You without faith.**

오 갓 유 쎄이 인 더 바이블 댓 위 캔트 플리즈 유 위다웃 페이스

오 하나님 당신은 우리가 믿음 없이는 당신을 기쁘게 할 수가 없다고 성경에서 말씀하십니다.

▶ **Please give us great faith.**

플리즈 기버즈 그뤠잇 페이스

우리에게 큰 믿음을 주십시오.

▶ **Help us to want to have greater faith rather than more money.**

헬퍼즈 투 워너 햅 그레이더 페이스 래더 댄 모어 머니

우리가 더 많은 돈 보다는 오히려 더 큰 믿음 소유하기를 도와주십시오.

▶ **Help us to want to please You through greater and greater faith.**

헬퍼즈 투 워너 플리즈 유 쓰루우 그레이더 앤 그레이더 페이스

점점 더 큰 믿음을 통해서 인생에서 당신을 기쁘게 하기를 원하도록 도와주십시오.

▶ **Help us to want to succeed in life through greater and greater faith.**

헬퍼즈 투 워너 썩씨드 인 라잎 쓰루 그레이더 앤 그레이더 페이스

점점 더 큰 믿음을 통해서 인생에서 당신을 기쁘게 하기를 원하도록 도와주십시오.

▶ **God bless us. We will praise You forever.**

갓 블레스 어즈 위 윌 프레이즈 유 퍼레버

우리를 축복해주세요. 우리는 영원히 당신을 찬양할 것입니다.

▶ **O God, there are so many Christians in the world.**
오 갓 데어 라 쏘우 메니 크리스천즈 인 더 워르드
오 하나님, 세상에는 아주 많은 그리스도인들이 있습니다.

▶ **But there aren't enough powerful Christians.**
벗 데어 란트 이너프 파우어플 크리스천즈
그러나 능력 있는 그리스도인은 충분하지 않습니다.

▶ **Powerful God, help us to be powerful Christians.**
파우어플 갓 헬퍼즈 투 비 파우플 크리스천즈
능력이 많으신 하나님, 우리가 능력 있는 그리스도인들이 되도록 도와 주세요.

▶ **Let Your holy and strong power flow through us like a river.**
레류어 호우리 앤 스뜨롱 파우어 플로우 쓰루 어즈 라이커 뤼버스
당신의 거룩하고 강력한 능력이 우리를 통해 강물처럼 흐르게 하여주세요.

We want to be used as Your powerful tools.

위 워너 비유즈드 애즈유어 파우워플 툴즈

우리는 당신의 능력있는 도구들로 쓰임받기를 원합니다.

Please be sure to remember this prayer of ours.

플리즈 비 슈어 투 뤼멤버 디스 프레어 어바우어즈

제발 꼭 우리의 이 기도를 기억하여 주십시오.

▶ **O God, our faith is too weak to live according to Your will.**

오 갓 아우어페이스 이즈투 윅 투 리브 어코딩 투 유어 윌

오 하나님, 우리의 믿음은 아주 약해서 당신의 뜻에 따라서 살 수가 없습니다.

▶ **Please be with us, Holy Spirit.**

플리즈 비 위더즈 호울리 스삐릿

성령이여, 우리와 함께 하여주세요.

▶ **If You help us, we can follow Your will.**

이퓨 헤퍼즈 위 캔 팔로우 유어 윌

당신이 우리를 도와주신다면, 우리는 당신의 뜻을 따를 수 있습니다.

▶ **If You help us, we can overcome the devil's temptation.**

이퓨 헬퍼즈 위 캔 오버컴 더 데블즈 템테이션

and fulfill Your will.

앤 풀필 유어 윌

당신이 우리를 도와주신다면, 우리는 악마의 유혹을 이기고
당신의 뜻을 성취할 수 있습니다.

▶ **Now rest on each of us.**

나우 뤠스턴 이취 어브어즈

<u>지금 우리 각자에게 임하십시오.</u>

▶ **We really wish to fill our hearts with You.**

위 륄리 위쉬 투 필 아우어 하츠 위드 유

<u>우리는 정말 우리의 마음을 당신으로 가득 채우기를 원합니다.</u>

▶ **We always need Your wisdom and power to guide us in life.**

위 올웨이즈 니쥬어 위즈덤 앤 파우어 투가이드어즈 인라이프

<u>우리는 항상 삶 속에서 우리를 인도하는 당신의 지혜와 능력이 필요 합니다.</u>

▶ **God, we were sinners who could not help ourselves from dying forever.**

갓 위 워 씨너즈 후 쿠드 낫 헬파우어쎌브즈 프럼 다잉 퍼레버

하나님, 우리는 영원히 죽는 것을 피할 수 없는 죄인들이었습니다.

▶ **But You loved us and saved us from that eternal death.**

버 류 러브드어즈 앤 쎄이브더즈 프럼 댓 이터널 데스

그러나 당신은 우리를 사랑하시고 영원한 죽음으로부터 우리를 구원해주셨습니다.

▶ **Words cannot express our thanks to You.**

워즈 캔낫 익스프레스 아우어 땡스 투유

우리는 당신에게 말할 수 없는 감사를 드립니다.

▶ **God, let us give this Good News of Your salvation to all people.**

갓 레러즈 깁 디스 긋 뉴저브 유어 쌜베이션 투 올 피플

하나님, 우리가 모든 사람들에게 당신의 구원의 이 좋은 소식을 전하게 하여주십시오.

▶ **Let us have a strong desire to do so.**

레러즈 해버 스뜨롱 디자이어 투두 쏘우

우리가 그렇게 할 강한 소망을 갖게 하여주십시오.

▶ **And let us carry out this mission until the end of our life.**

앤 레러스 캐리아웃 디스 미션 언틸 디 엔더브 아우어라이프

그리고 우리가 우리의 인생 끝까지 이 사명을 실천하게 하여주십시오.

▶ **O God, You are the creator of the universe.**

오 갓 유 아 더 크리에이터 어브더 유니버스

오 하나님, 당신은 우주의 창조자이십니다.

▶ **You are Almighty and alive right now.**

유 아 올마이티 앤 얼라이브 롸잇나우

당신은 전능하시며 지금 바로 살아 계십니다.

▶ **We are Your children.**

위 아 유어 칠드런

우리는 당신의 자녀들입니다.

▶ **You always love and help us.**

유 올웨이즈 러브 앤 헬퍼즈

당신은 항상 우리를 사랑하고 도와주십니다.

▶ **Almighty God, let each of us have a great vision of our will.**

올마이티 갓 레리취 어버즈 해버 그뤠잇 비저너브 아우어윌

전능하신 하나님, 우리들 각자가 당신 뜻의 큰 비전을 갖게 하여 주십시오.

▶ **I believe we can do anything with Your help.**

아이 빌립 위 캔 두 에니띵 위드 유어 헬ㅍ

저는 우리가 당신의 도움으로 무슨 일이든 할 수 있다고 믿습니다.

▶ **Let us continue to pray for the accomplishment of our goals.**

레러즈 컨티뉴 투 프레이 퍼 더 어컴플리쉬먼트 어바이어 고울즈

우리가 우리의 목표의 성취를 위해서 계속해서 기도하게 하여주세요.

▶ **God, You gave each of us 24 hours a day whether we are rich or poor.**

갓 유 게이브 이취 어버즈 퉤니퍼 아우어즈어데이 웨더 위 아 뤼취 오어 푸어

하나님, 당신은 우리가 부자든 가난하든, 우리들 각자에게 하루에 24시간을 주셨습니다

▶ **And we live our life just once.**

앤 위 리브 아우어라이프 저슷 원스

그리고 우리는 우리의 인생을 단 한 번 삽니다.

▶ **Please help us not to waste time, but treat it as something precious.**

플리즈 헬퍼즈 낫 투 웨이스타임 벗 츠리팃 애즈 썸띵 프레셔스

우리가 시간을 낭비하지 말고, 그것을 소중한 것으로 취급하도록 도와 주세요.

▶ **Above all, help us use it for Your glory, not for our worldly desire.**

어버브 올 헬퍼즈 유짓 퍼 유어 글로리 낫 퍼 아우어 월들리 디자이어

무엇보다도, 우리가 그것을 우리의 세속적인 욕망을 위해서가 아니라 당신의 영광을 위해서 사용하도록 도와주세요.

▶ **Especially give young people wisdom to use it thoughtfully and efficiently.**

이스페셜리 깁 영 피플 위즈덤 투 유짓 쏘트플리 앤 이피션틀리

특히 젊은 사람들에게 그것을 사려 깊고 효율적으로 사용하는 지혜를 주세요.

▶ **We ask this in the name of our Lord Jesus. Amen.**

위 애스크디스 인더 네이머브 아우어 로드 지저스 에이멘

우리 주 예수 그리스도의 이름으로 이것을 부탁드립니다. 아멘.

▶ **God, bless Your church with Your love and grace.**
갓 블레스 유어 처ㄹ취 위드 위어 러브 앤 그뤠이스
하나님, 당신의 교회를 당신의 사랑과 은총으로 축복해주십시오.

▶ **Make the church one with the Holy Spirit.**
메익 더 처ㄹ취 원 위드 더 호울리 스삐릿
교회가 성령으로 하나 되게 하여 주십시오.

▶ **Let the church have the faith and the missionary vision of the first apostles.**
렛 더 처ㄹ취 햅 더 페이스 앤 더 미셔너리 비전 어브 더 퍼스트 어파쓸즈
교회가 최초의 사도들의 믿음과 선교의 비전을 갖게 해주십시오.

▶ **God, make Your church one with Your love.**
갓 메이큐어 처ㄹ취 원 위드 유어 러브
하나님, 당신의 교회를 당신의 사랑으로 하나 되게 하여주세요.

▶ **Let all of its members pray for this church and obey Your Word.**

레롤러브 이츠멤버즈 프레이 퍼 디스 처ㄹ취 앤 오베이 유어 워드

교인 모두가 이 교회를 위해서 기도하고 당신의 말씀에 순종하게 하여주세요.

▶ **God, be always with Your church and help it with Your wisdom and power.**

갓 비 올웨이즈 위드 유어 처ㄹ취 앤 헬 핏 위드 유어 위즈덤 앤 파우어

하나님, 당신의 교회와 항상 함께 하시고 당신의 지혜와 능력으로 도와주세요.

▶ **God, we pray for our country and its leaders.**
갓 위 프레이 퍼라우어 컨츄리 앤 이츠 리더즈
하나님, 우리는 우리나라와 나라 지도자들을 위하여 기도드립니다.

▶ **Bless our country and guide its leaders.**
블레스 아우어 컨츄리 앤 가이드 이츠 리더즈
우리나라를 축복하시고 지도자들을 인도하여 주십시오.

▶ **Keep peace in this country.**
킵 피이스 인 디스 컨츄리
이 나라에 평화를 유지시켜 주세요.

▶ **Give the leaders wisdom to make the right decisions.**
깁 더 리더즈 위즈덤 투 메익 더 롸잇 디씨전즈
지도자들에게 올바른 결정을 내릴 수 있는 지혜를 주십시오.

▶ **Help them to love this country and its people with all their hearts.**
헬프 뎀 투 러브 디스 컨츄리 앤 이츠 피플 위드 올 데어 하르츠
그들이 진심으로 이 나라와 백성을 사랑하게 도와주세요.

▶ **We also pray for poor countries and countries**
위 올쏘우 프레이 퍼 푸어 컨츠리즈 앤 컨츠리즈
that are at war in the world.
대 라 앳 워ㄹ 인 더 월드
우리는 또한 세상에 있는 가난한 나라들과 전쟁 중인 나라들을 위해 기도드립니다.

▶ **God be with them and help them.**
갓 비 위드 뎀 앤 헬프 뎀
하나님이 그 나라들과 함께 하시고 그들을 도와주세요.

▶ **Thank You, God. for giving us things that we can offer back to You.**

땡큐 갓 퍼 기빙 어즈 띵즈 댓 위 캔 아퍼 백 투 유

하나님, 우리가 당신에게 돌려 드릴 수 있는 것들을 우리에게 주심에 대해 감사드립니다.

▶ **We offer You little things we have, but with all our hearts.**

위 아퍼 유 리틀 띵즈 위 햅 벗 위드 올 아우어 하ㄹ츠

우리는 당신에게 우리가 가지고 있는 하찮은 것들을 드립니다, 하지만 진심으로 드립니다.

▶ **Please receive our offerings and our hearts, and bless each one of us.**

플리즈 뤼씨브 아우어 아퍼링 앤 아우어 하ㄹ츠 앤 블레스 이치 원 어버즈

우리의 헌금과 마음을 받아주시고 우리 각자를 축복하여주세요.

▶ **Especially remember poor people who don't have any thing to offer You.**

이스페셜리 뤼멤버 푸어 피플 후 도운 햅 에니띵 투 아퍼 유

특히 당신에게 아무것도 드릴 것이 없는 가난한 자들을 기억하여 주십시오.

▶ **We hope all of these offerings will be used for Your glory.**

위 호우 폴 러브 디이즈 아퍼링즈 윌 비 유즈드 퍼 유어 글로리

우리는 이 헌금이 당신의 영광을 위해서 사용되기를 바랍니다.

▶ **Father of love and grace, we thank You for sending Your son to us.**

파더 러브 러브 앤 그뤠이스 위 땡 큐 퍼 쎈딩 유어 썬 투 어즈

<u>**사랑과 은혜의 아버지 하나님, 우리는 당신의 아들을 우리에게 보내주신 것에 대하여 감사드립니다.**</u>

▶ **He is Your best gift to us.**

히 이즈 유어 베슷 기픗투어즈

<u>**그는 우리에게 당신의 가장 좋은 선물입니다.**</u>

▶ **Father, You loved the people in the world so much that**

파더 유 러브드 더 피플 인 더 월드 쏘우 머취 댓

You gave Your only son to them.

유 게이브 유어 오운리 썬 투 뎀

<u>**아버지 하나님, 당신은 세상 사람들을 아주 많이 사랑하셔서 그들에게 당신의 외아들을 주셨습니다.**</u>

▶ **He redeemed mankind.**

히 뤼딤드 맨카인드

그는 인류를 대속하셨습니다.

▶ **Let us share this joy and realize the true meaning of this day.**

레러즈 쉐어 디스조이 앤 뤼얼라이즈 더 츠루 미닝 어브 디스데이

우리가 이 기쁨을 나누게 하시고 이 날의 진정한 의미를 깨닫게 하여주세요.

▶ **I am so happy this morning, because our Savior,**

아이엠 쏘우 해피 디스 모닝 비커즈 아우어쎄이비어

Jesus Christ was born this day.

지저스크라이스트 워즈본 디스데이

저는 오늘 아침 매우 행복합니다. 왜냐하면 우리의 구세주 예수 그리스도가 이날 태어나셨기 때문입니다.

▶ **Today we start a New Year.**
투데이 위 스따트어 뉴이어
<u>오늘 우리는 새해를 시작합니다.</u>

▶ **First of all, we thank You, God, for Your love and**
퍼ㄹ스터브올 위 땡 큐 갓 퍼 유어 러브 앤
grace all through the past year.
그뤠이스 올 쓰루 더 패스티어
<u>먼저 우리는 하나님께 지난 해 내내 베푸신 당신의 사랑과 은혜에 감사드립니다.</u>

▶ **O God, today is New Year's Day.**
오 갓 투데이 이즈 뉴 이어즈 데이
<u>오 하나님, 오늘은 설날입니다.</u>

▶ **We thank You for the opportunity to begin a New Year again.**
위 땡 큐 퍼 더 아퍼튜너티 투 비긴 어 뉴 이어 어겐
<u>우리는 새해를 다시 시작하는 좋은 기회를 주신 것에 대하여 당신께 감사드립니다.</u>

▶ **We also thank You for helping us to overcome a lot of difficulties over the past year.**

위 올쏘우 땡 큐 퍼 헬핑 어즈 투 오버컴 어 라러브 디피컬티즈 오버 더 패스트이어

우리는 또한 우리가 지난 해 동안 많은 어려움을 극복할 수 있도록 도와주신 것에 대하여 감사드립니다.

▶ **O God, we pray that this year will be a successful one for all of us.**

오 갓 위 프레이 댓 디스 이어 윌 비 어 썩쎄스플 원 퍼 올러버즈

오 갓 위 프레이 댓 디스 이어 윌 비 어 썩쎄스플 원 퍼 올러버즈

▶ **Please be with us, guide us, and take care of us all through this year.**

플리즈 비 위드 어즈 가이드어즈 앤 테익 케어러브어즈 올 쓰루 디스 이어

금년 내내 우리와 함께 해주시고, 인도하시고 우리를 돌보아주십시오.

영어기도 | 35 부활

▶ **Living Jesus, thank You for Your resurrection.**
리빙 지저스 땡 큐 퍼 유어 레저렉션
살아 계신 예수님, 당신의 부활에 대하여 감사드립니다.

▶ **You died for us on the Cross and rose to life again**
유 다이드 퍼러즈 언 더 크로스 앤 로우즈 투 라이프 어겐
three days after You died.
뜨리 데이즈 애프터 유다이드
당신은 우리를 위해 십자가에서 죽으셨고 죽은 지 삼 일 후에 부활하셨습니다.

▶ **We celebrate Your victory over sin and death.**
위 셀리브뤠이트 유어 빅토리 오버 씬 앤 데쓰
우리는 죄와 죽음에 대한 당신의 승리를 축하합니다.

▶ **We believe You saved us from eternal death.**
위 빌리브 유 쎄이브더즈 프럼 이터널 데쓰
우리는 당신이 우리를 영원한 죽음으로부터 구원하신 것을 믿습니다.

▶ **Dear Father, thank You again for sending Your**
디어 파더 땡 큐 어겐 퍼 쎈딩 유어
only son Jesus to die for us.
오운리썬 지저스 투 다이 퍼러즈
사랑하는 하나님 아버지, 당신의 외아들 예수를 우리를 위해 죽도록 보내주신 것에 대해 다시 한번 감사드려요.

▶ **Thank You for loving us even though we are sinners.**
땡 큐 퍼 러빙 어즈 이븐 도우 위 아 씬너ㄹ즈
우리는 죄인들이지만 우리를 사랑해주시는 것 감사드려요.

▶ **Jesus' resurrection is our greatest joy and hope.**
지저스 레저렉션 이즈 아우어 그뤠이티스트 조이 앤 호웁
예수의 부활은 우리의 최대의 기쁨이요 희망입니다.

memo

복음송 배우기

I have Decided
주님 뜻대로 살기로 했네

I have decided to follow Jesus,
아이 햅 디싸이딧 투 팔로우 지저스
I have decided to follow Jesus,
아이햅 디싸이딧 투 팔로우 지저스

I have decided to follow Jesus,
아이 햅 디싸이딧 투 팔로우 지저스
No turning back, No turning back.
노 터닝 백 노 터닝 백

주님 뜻대로 살기로 했네

I Have Decided

Traditional

Norman Johnson
Arr. by Grace Cho

1\. 주님뜻 대 로 살기로 했 네 주님뜻대 로 살기로했 네
2\. 이세상 사 람 날몰라 줘 도 이세상사 람 날몰라줘 도
3\. 세상등 지 고 십자가 보 네 세상등지 고 십자가보 네

1\. I have de - cid - ed to fol-low Je - sus, I have de-cid - ed to fol-low Je - sus,
2\. Tho none go with me, still I will fol - low, Tho none go with me, still I will fol - low,
3\. The world be-hind me, the cross be-fore me, The world be-hind me, the cross before me,

주님뜻 대 로 살기로 했 네 뒤돌아 서 지않겠 네
이세상 사 람 날몰라 줘 도 뒤돌아 서 지않겠 네
세상등 지 고 십자가 보 네 뒤돌아 서 지않겠 네

I have de - cid - ed to fol-low Je - sus,
Tho none go with me, still I will fol - low, No tur-ning back, No tur-ning back.
The world be-hind me, the cross be-fore me,

I've Got Peace Like a River
내게 강 같은 평화 넘치네

I've got peace like a river, I've got peace like a river,
아이브 갓 피이스 라이커뤼버 아이브갓 피이스 라이커뤼버

I've got peace like a river, in my soul
아이브갓 피이스 라이커뤼버 인 마이 쏘울

I've got peace like a river, I've got peace like a river
아이브갓 피이스 라이커뤼버 아이브갓 피이스 라이커뤼버

I've got peace like a river in my soul
아이브갓 피이스 라이커뤼버 인 마이 쏘울

내게 강 같은 평화 넘치네

I've Got Peace Like a River

Negro Spiritual

1. 나는 하나님이 좋아 2. 나는 예수님이 좋아 3. 나는 성령님이 좋아
4. 나는 목사님이 좋아 5. 나는 여러분이 좋아

Blessed be the Name
예수님 찬양

Blessed be the name, Blessed be the name, Blessed be the name of the Lord!
블레씨드 비 더 네임　블레씨드 비　더 네임　블레씨드 비 더　네임 어브더 로드

Blessed be the name, Blessed be the name, Blessed be the name of the Lord!
블레씨드 비 더 네임　블레씨드 비　더 네임　블레씨드 비 더　네임 어브더 로드

Hallelujah　Hallelujah　Blessed be the name of the Lord!
할렐루야　할렐루야　블레씨드 비 더　네임　어브더 로드

Hallelujah　Hallelujah　Blessed be the name of the Lord!
할렐루야　할렐루야　블레씨드 비 더　네임　어브더 로드

예수님 찬양

Blessed Be the Name

We shall overcome
우리 승리 하리라

We shall overcome, we shall overcome,
위 쉘 오버컴 위 쉘 오버컴

We shall overcome someday oh
위 쉘 오버컴 데이 오

deep in my heart I do believe
딥 인 마이 하앗 아이 두 빌리브

we shall overcome some day
위 쉘 오버컴 썸 데이

우리 승리 하리라

We Shall over-come

I'v got the Joy, Joy
주 예수 사랑 기쁨 내 마음속에

I've got the joy, joy, joy, joy Down in my heart,
아이브 갓더 조이 조이 조이 조이 다운 인마이 하앗

Down in my heart, I've got the joy, joy, joy, joy Down in my heart,
다운 인 마이 하앗 아이브 갓 더 조이 조이 조이 조이 다운 인마이 하앗

Down in my heart, to stay. And I'm so happy, so very
다운 인 마이 하앗 투 스떼이 앤 아임 쏘 해삐 쏘 베리

happy, I've got the love of Jesus in my heart and I'm so
해삐 아이브 갓 더 러버브 지버그 인 마이 하앗 앤 아임 쏘

happy, so very happy, I've got the love of Jesus in my heart.
해삐 쏘 베리 해삐 아이브 갓더 러버브 지저스 인마이 하앗

주 예수 사랑 기쁨 내 마음속에

I've Got the Joy, Joy

memo

해외여행
영어표현

01 비행기를 타기 전후

I'd like to reconfirm my flight.
아이드라익투 리컨펌 마이 플라이트
예약을 재확인하고 싶습니다.

Date and flight number, please.
데잇 앤 플라잇 넘버 플리이즈
날짜와 비행기 번호를 말씀해주세요.

April 4, CP flight 005
에이프럴 펄스 씨피 플라잇 지로지로파이브
4월 4일 CP 005편입니다.

I'd like to check in.
아이드 라익투 체킨
탑승수속을 하려고 합니다.

Would you like a window or aisle seat?
우쥬 라이커 윈도우 오어 아일 씻
창쪽 좌석을 원하세요, 통로 좌석을 원하세요?

Where is the duty-free shop?
웨어 리즈 더 듀리 프리
면세점이 어디에 있죠?

Where is the gate 10?
웨어 리즈 더 게잇 텐
10번 게이트는 어디에 있죠?

Please fasten your seat belt?
플리즈 패슨 유어 씻 벨트
<u>**안전벨트를 매어 주십시오.**</u>

What would you like to drink?
웟 우쥬 라익 투 드링크?
<u>**뭘 마시길 원하세요?**</u>

Do you have orange juice?
두 유 햅 오린쥐 주스
<u>**오렌지 주스 있어요?**</u>

Another orange juice, please.
어나더 오린쥐 주스 플리즈
<u>**오렌지 주스 한 잔 더 주세요.**</u>

Chicken or beef?
치킨 오어 비프
<u>**닭고기 드실래요, 소고기 드실래요?**</u>

Chicken, please.
치킨 플리즈
<u>**닭고기 주세요.**</u>

Excuse me. Can I have one more blanket?
익스큐즈 미 캐나이 햅 원모어 블랭킷
<u>**실례지만, 모포 한 장 더 주실래요?**</u>

03 입국심사

Where is the immigration counter?
웨어 리즈 더 이미그레이션 카운터
입국심사대가 어디에 있습니까?

May I see your passport?
메이 아이 씨 유어 패스포트
여권 좀 보여주시겠습니까?

What's the purpose of your visit?
웟츠 더 퍼포스 어브 유어 비짓
당신의 방문 목적은 무엇입니까?

Sightseeing.
싸잇씨잉
관광입니다.

How long are you going to stay?
하우 롱 아 유 고잉 투 스떼이
얼마나 오래동안 체류하실 건가요?

For one week.
퍼 원 윅
일주일입니다.

Where are you going to stay?
웨어 라 유 고잉 투 스떼이
어디에서 머물 겁니까?

At the Hilton Hotel.
앳 더 힐튼 호텔
힐튼호텔입니다.

My suitcase didn't come out.
마이 숫케이스 디든 커마웃
제 여행 가방이 나오지 않았습니다.

My bag is missing.
마이 백 이즈 미씽
제 가방이 없어졌어요.

Here is my baggage claim tag.
히어리즈 마이 베기쥐 클레임택
여기에 짐 보관증이 있습니다.

My suitcase is damaged.
마이 숫케이스 이즈 대미쥐드
제 여행가방이 손상되었습니다.

Can I see your baggage tag?
캐나이 씨 유어 배기쥐 택
짐표를 보여주시겠어요?

What's your flight?
웟츠 유어 플라잇
항공기 편명이 뭐죠?

What color is your bag?
웟 컬러 이즈 유어 백
가방이 무슨 색이죠?

05 화장실을 찾을 때

Is there a restroom near here?
이즈 데어러 뤠스트룸 니어 히어
이 근처에 화장실 있습니까?

Where is the restroom?
웨어 리즈 더 뤠스트룸
화장실이 어디에 있죠?

Where is the washroom?
웨어 이즈 더 워쉬룸
화장실이 어디에 있죠?

Is there a coffee shop nearby?
이즈 데어러 커피 샵 니어바이
근처에 커피숍 있습니까?

There's a pay toilet in that building.
데어즈 어 페이토일릿 인댓 빌딩
저 건물에 유료 화장실이 있습니다.

There is no toilet paper.
데어 이즈 노 토일릿 페이퍼
화장지가 없습니다.

Where are you going to stay?
웨어 라 유 고잉 투 스떼이
어디에서 머물 겁니까?

I can't flush the toilet.
아이 캔트 플러쉬 더 토일릿
물이 내려가지 않네요.

Do you have anything to declare?
두 유 햅 에니띵 투 디틀레어
신고할 물건 있습니까?

No, nothing.
노우 나띵
아니오, 없습니다.

These are all personal things.
디이즈 아 올 퍼스널 띵즈
이것들은 모두 개인용품들입니다.

Do you have any alcohol or cigarettes?
두 유 햅 에니 앨코홀 오어 씨가레츠
술이나 담배를 가지고 있습니까?

I have some liquor and cigarettes.
아이햅 썸 리커 앤 씨가레츠
전 약간의 술과 담배가 있어요.

Open your suitcase, please.
오픈 유어 케이스 플이즈
여행가방을 열어주세요.

How much is the duty?
하우 머치 이즈 더 듀리
관세는 얼마입니까?

I'd like to check in, please.
아이드 라익투 체킨 플리즈
체크인을 하길 원합니다.

I don't have a reservation.
아이 도운 해버 레저베이션
저는 예약을 하지 않았습니다.

Do you have a single room available for tonight?
두 유 해버 씽글 룸 어베일러블 퍼 투나잇
오늘 밤 묵을 1인용 방 있나요?

I have a reservation.
아이 해버 레저베이션
저는 예약을 했습니다.

I'd like to make a reservation.
아이드라익투 메이커 레저베이션
예약을 하고 싶습니다.

Please fill out this form.
플리즈 필라웃 디스 펌
이 양식을 기입해주세요.

You accept credit cards, don't you?
유 억 트 크레딧 카드 도운츄
신용카드 받으시나요?

08 호텔에서 체크아웃할 때

What's the checkout time?
웟츠 더 체크아웃 타임
체크아웃하는 시간이 몇 시죠?

This is room 201.
디스이즈 룸 투오우원
201호실입니다.

I'd like to check out now.
아이드라익투 체크아웃 나우
지금 체크아웃하길 원합니다.

Please get my bill ready.
플리즈 겟 마이 빌 뤠디
계산서를 준비해주세요.

I'm going to leave one night earlier.
아임 고잉 투 리브 원 나잇 어얼리어
하룻밤 일찍 떠나려고 합니다.

Would you send up a bellboy for my baggage?
우 쥬 쎈 더 버 벨보이 퍼 마이 배기쥐
제 짐을 들고 갈 보이 좀 올려 보내주실래요?

Would you call a cab for me?
우 쥬 콜 러 캡 퍼 미
저를 위해 택시 좀 불러주시겠어요?

Where is a pay phone?
웨어리즈 어 페이 폰
공중전화는 어디에 있죠?

Hello. This is Carol.
헬로우 디스이즈 캐롤
여보세요. 저는 캐롤인데요.

Can I speak to Mary?
캐나이 스삑 투 메어리
메어리 좀 바꿔주세요.

Is this Tom?
이즈디스 탐
탐이에요?

May I leave a message?
메이아이 리 버 메씨쥐
메시지를 남겨도 될까요?

Can I take a message?
캐나이 테이커 메시쥐
전할 말씀 있으세요?

You have the wrong number.
유 햅 더 롱 넘버
전화 잘못 거셨습니다.

Where is the taxi stand?
웨어리즈 더 택시 스탠드
택시 타는 곳은 어디입니까?

Where can I take a taxi?
웨어 캔 아이 테이커 택시
택시는 어디에서 타죠?

Where can I take you?
웨어 캔 아이 테이큐
어디로 모실까요?

To this address.
투 디스 어드레스
이 주소로 가주세요.

How long does it take to get there?
하우 롱 더즈 잇 테익 투 겟 데어
거기까지 도착하는데 시간이 얼마나 걸리나요?

How much is the fare?
하우 머치 이즈 더 페어
요금이 얼마죠?

Please keep the change.
플리즈 킵 더 체인쥐
거스름돈은 가지세요.

11 버스타기

Where can I get on a bus?
웨어 캐나이 게로 너 버스
어디에서 버스를 탈 수 있죠?

I want to take a sightseeing bus.
아이 워너 테이커 싸잇씽 버스
저는 관광버스 타기를 원합니다.

May I have a bus route map?
메이아이 해버 버스 룻 맵
버스노선 지도 있나요?

Where can I catch the bus to Oxford?
웨어 캐나이 캐취 더 버스 투 악스포드
옥스퍼드로 가는 버스 어디서 탈 수 있나요?

How often is the No. 40 bus?
하우 오픈 이즈 더 넘버 퍼리버스
40번 버스는 얼마나 자주 오죠?

Where can I get a bus ticket?
웨어 캐나이 게러 버스 티킷
버스표는 어디서 살 수 있나요?

I'll get off at the next bus stop.
아일 게로프 앳더 넥스트 버스스땁
다음 정류장에서 내리겠습니다.

Can you recommend a good restaurant near here?
캐뉴 레코멘드 어 굿 레스또란(트) 니어 히어
이 근처에 괜찮은 레스토랑을 소개해 주실래요?

What kind of food would you like to eat?
웟 카이너브 풋 우 쥬 라익 투 잇
어떤 종류의 음식을 드시겠어요?

Would you show me the menu?
우 쥬 쇼우 미 더 메뉴
메뉴 좀 보여주시겠어요?

What is the specialty of this restaurant?
워리즈 더 스뻬셜티 어브디스 레스또란(트)
이 레스토랑에서 특히 잘하는 음식은 뭐죠?

Do you have a table for three?
두 유 해 버 테이블 퍼 뜨리
3인용 식탁 있습니까?

Are you ready to order?
아 유 뤠디 투 오더
주문하시겠어요?

I'll have the same.
아일 햅 더 쎄임
같은 걸로 들겠습니다.

Could you tell me where the Tourist Information Office is?
쿠 쥬 텔 미 웨어 더 투어리슷 인퍼메이션 아피스 이스
관광안내소가 어디에 있는지 가르쳐 주시겠어요?

I am a stranger here.
아이에머 스뜨레인줘 히어
저는 이곳이 초행입니다.

Where am I?
웨어 레마이
여기가 어디죠?

How can I get there?
하우 캐나이 겟 데어
거기에 어떻게 가야 되나요?

Take the subway train over there.
테익 더 써브웨이 츠레인 오버데어
저쪽에서 지하철을 타세요.

It's about a 5 minute walk.
이츠 어바우러 파이브 미닛 웍
걸어서 5분 정도 걸립니다.

Go straight on this road and turn right at the intersection.
고우 스뜨레잇 언디스로우드 앤 턴 롸잇 앳 디 인터쎅션
이 길을 곧장 가서 교차로에서 오른쪽으로 도세요.

Could you tell me some interesting places?
쿠 쥬 텔 미 썸 인터레스팅 플레이씨즈
흥미로운 곳 몇 군데를 말씀해주실래요?

Do you have a sightseeing brochure?
두 유 해버 싸잇씽 브로우셔
관광안내책자가 있나요?

What kind of tours do you have?
웟 카이너브 투어즈 두 유 햅
어떤 종류의 관광들이 있습니까?

Is it possible to hire a guide?
이짓 파써블 투 하이어러 가이드
가이드를 고용하는 것이 가능한가요?

What should I see in this city?
웟 슈다이 씨 인 디스 씨디
이 도시에서 뭘 보아야 할까요?

Do you have a Korean speaking guide?
두 유 해 버 코리언 스뻬킹 가이드
한국말을 하는 가이드가 있나요?

May I take pictures here?
메이아이 테익 픽처즈 히어
여기서 사진을 찍어도 됩니까?

15 쇼핑1

Can I help you?
캐나이 헬퓨
도와드릴까요?

I'm just looking.
아임 저슷 루킹
전 다만 구경하는 겁니다.

I'm just window shopping.
아임 저슷 윈도우 샵핑
전 다만 구경하는 건데요.

What kind are you looking for?
웟 카인 아 유 루킹 퍼
어떤 종류를 찾고 계시죠?

I'd like to buy a bag.
아이드라익투 바이어 백
가방을 사려고 하는데요.

How much is it (altogether)?
하우 머치 이짓 (올투게더)
(전부) 얼마입니까?

Can you reduce the price?
캐뉴 리듀스 더 프라이스
싸게 해줄 수 있나요?

Can I try this on?
캐나이 츠라이 디스 언
한번 입어봐도 될까요?

Where is the fitting room?
웨어리즈 더 피딩 룸
탈의실이 어디죠?

What size do you wear?
웟 싸이즈 두 유 웨어
몇 사이즈를 입으시죠?

I'm not sure of my size?
아임 낫 슈어러브 마이 싸이즈
내 사이즈를 잘 모르겠어요.

It seems a little long.
잇 심즈 어 리를 롱
길이가 좀 긴 것 같아요.

Can you adjust the length?
캐 뉴 어저슷 더 렝쓰
길이를 고쳐주시겠어요?

I'd like to rent a car.
아이드라익투 렌트어카
차를 빌리고 싶습니다.

What kind of car would you like?
웟 카이너브 카 우 쥬 라익
어떤 종류의 차를 원하세요?

What size car do you need?
웟 싸이즈 카 두 유 닛
어떤 사이즈의 차가 필요합니까?

A small car.(A medium-sized car.)
어 스몰 카 (어 미디엄 싸이즈드카)
소형차요(중형차요).

I'd like to rent this car for 7 days.
아이드라익 투 렌트 디스카 퍼 쎄븐 데이즈
이 차를 7일간 빌리고 싶습니다.

If available, I'd like an automatic.
이퍼베일러블 아이드라이컨 오로매릭
가능하다면 오토매틱(자동)을 원합니다.

Does this rate include insurance?
더즈 디스 뤠잇 인클룻 인슈어런스
이 요금에 보험료가 포함되어 있나요?

18 편지나 엽서보내기

I'd like to send this letter to Korea.
아이드라익투 쎈드 디스레러 투 코리어
<u>**이 편지를 한국에 보내고 싶습니다.**</u>

Where is the post office?
웨어리즈 더 포스타피스
<u>**우체국이 어디에 있죠?**</u>

Where can I buy stamps?
웨어 캐나이 바이 스땜스
<u>**우표는 어디에서 살 수 있나요?**</u>

I'd like to send this letter registered.
아이드라익투 쎈드 디스레러 레지스터드
<u>**이 편지를 등기로 보내고 싶습니다.**</u>

I'd like to send this by express mail.
아이드라익투 쎈디스 바이 익스프레스메일
<u>**이걸 속달로 보내길 원합니다.**</u>

What's the postage for this letter?
워츠 더 포스티쥐 퍼 디스레러
<u>**이 편지의 우편요금은 얼마입니까?**</u>

This is fragile.
디스이즈 프레절(자일)
<u>**이것은 깨지기 쉽습니다.**</u>

19 은행구좌 개설

I'd like to open an account.
아이드라익투 오프넌 어카운트
구좌를 개설하고 싶습니다.

What kind of account would you like to open?
웟 카이너브 어카운트 우 쥬 라익 투 오우픈
어떤 종류의 구좌를 개설하길 원하시죠?

I'd like to open a savings account.
아이드라익투 오프너 쎄이빙즈 어카운트
보통예금 구좌를 만들고 싶습니다.

I'm going to deposit $50.
아임 고잉 투 디파짓 피프티 달러즈
50달러를 예금하려고 합니다.

I'd like to transfer some money.
아이드라익투 트랜스퍼 썸 머니
약간의 돈을 송금하길 원합니다.

I'd like to withdraw some money.
아이드라익투 위드러 썸 머니릭
약간의 돈을 인출하고 싶습니다.

Could you exchange some won into dollars?
쿠쥬 익스췌인쥐 썸원 인투달러즈
원을 달러로 바꿔주실 수 있나요?

I have a high fever.
아이 해버 하이 피버
저는 고열이 납니다.

I have a terrible headache.
아이 해버 테러블 헤드에익
머리가 몹시 아픕니다.

I think I have a cold.
아이 띵 아이 해버 코울드
감기에 걸린 것 같습니다.

Is there a hospital nearby?
이즈데어러 하스피덜 니어바이
근처에 병원이 있습니까?

Please call a doctor.
플리즈 콜 러 닥터ㄹ
의사를 불러주십시오.

What seems to be the problem?
웟 씸즈 투 비 더 프라블럼
어디가 문제인 것 같아요?

What symptoms do you have?
웟 씸텀즈 두 유 햅
어떤 증상이 있죠?

21 치과에서

I have a terrible toothache.
아이 해버 테러블 투쓰에이크
저는 치통이 심합니다.

I want to see the dentist.
아이 워너 씨 더 덴티시트
치과의사의 진찰을 받고 싶습니다.

Do you have an appointment?
두 유 해 번 어포인먼(트)
예약을 하셨습니까?

I feel awful.
아이 필 오플
끔찍하게 아픕니다.

It's very urgent.
이츠 베리 어전트
매우 시급합니다.

The dentist is very busy at the moment.
더 덴티스티즈 베리 비지 앳 더 모우먼(트)
의사는 지금 매우 바쁩니다.

Please relieve me from any pain.
플리즈 릴리브 미 프럼 에니 페인
고통을 좀 덜어주세요.

Where is the pharmacy(drugstore)?
웨어리즈 더 파머씨(드럭스또어)
약국이 어디에 있습니까?

May I have a prescription?
메이아이 해버 프리스크립션
처방전을 주시겠어요?

I'd like this prescription filled.
아이드라익 디스프리스크립션 필드
이 처방전을 조제해주시기 바랍니다.

I'd like some medicine for indigestion.
아이드라익 썸 메디씬 퍼 인디제스천
소화제를 원합니다.

How often do I take this?
하우 오픈 두 아이 테익디스
얼마나 자주 복용합니까?

Three times a day after(before) meals please.
뜨리 타임즈 어데이 애프터(비포어) 미일즈 플리즈
하루에 세 번 식후(식전)에 복용하세요.

What food should I avoid?
웟 푸드 슈다이 어보이드
어떤 음식을 피해야 합니까?

23 도난당했을 때

My handbag was stolen.
마이 핸드백 워즈 스또울른
<u>**핸드백을 도둑 맞았어요.**</u>

Call the police, please.
콜더 폴리스 플리즈
<u>**경찰을 불러주세요.**</u>

Where is the lost and found?
웨어리즈 더 로스탠 파운드
<u>**분실물 신고서는 어디에 있죠?**</u>

My wallet was picked.
마이 월릿 워즈 픽트
<u>**지갑을 소매치기 당했어요.**</u>

I lost my passport.
아이로슷 마이 패스포트
<u>**여권을 분실했습니다.**</u>

Can you identify him?
캐 뉴 아이덴티파이힘
<u>**그를 알아볼 수 있습니까?**</u>

When did you lose it?
웬 디쥬 루짓
<u>**그걸 언제 분실했습니까?**</u>

Can I take pictures here?
캐나이 테익 픽춰즈 히어
<u>여기서 사진을 찍어도 됩니까?</u>

Can You take a picture of us(me)?
캐 뉴 테이커 픽춰 러브어즈(미)
<u>우리들(내) 사진 좀 찍어줄 수 있어요?</u>

Just press this button.
저슷 프레스 디스 버튼
<u>이 버튼을 눌러만 주세요.</u>

Do I need to focus?
두아이 닛투 포커스
<u>초점을 맞출 필요가 있습니까?</u>

Can I use a flash here?
캐나이 유저 플래쉬 히어
<u>여기서 플래쉬를 사용해도 됩니까?</u>

Can you take my picture in front of the statue?
캐 뉴 테익 마이 픽춰 인프러너브 더 스태츄
<u>조각상 앞에서 제 사진을 찍어주시겠습니까?</u>

Say cheese.
쎄이 치즈
<u>치즈라고 말하여 미소 지으세요.</u>

25 영화감상

I'd like to see a movie tonight.
아이드라익투 씨어 무비 투나잇
<u>**오늘 밤 영화를 보고 싶군요.**</u>

How about going to the movies tonight?
하우 어바웃 고잉 투 더 무비즈 투나잇
<u>**오늘 밤 영화구경 갈까?**</u>

What movies are on tonight?
무비즈 아 언 투나잇
<u>**오늘 밤 무슨 영화가 상영됩니까?**</u>

How long is the movie?
하우 롱 이즈디 무비
<u>**영화상영 시간은 얼마나 긴가요?**</u>

What time does the evening show begin?
웟 타임 더즈 디 이브닝 쇼우 비긴
<u>**밤 상영은 몇 시에 시작하나요?**</u>

When does the next show start?
웬 더즈 더 넥슷 쇼우 스따트
<u>**다음 상영은 몇 시에 시작됩니까?**</u>

Where can I get a ticket
웨어 캐나이 게러 티킷
<u>**표는 어디서 사죠?**</u>

I'd like to get my hair cut.
아이드라익투 겟마이헤어컷
머리를 깎기 원합니다.

How would you like to have your hair cut?
하우 우 쥬 라익 투 해뷰어 헤어 컷
머리를 어떻게 하시겠어요?

I just want a haircut, please.
아이 저슷 워너 헤어컷 플리즈
이발만 하기를 원합니다.

A haircut and a shave, please.
어 헤어컷 애너 셰이브 플리즈
이발과 면도를 해주세요.

How would you like your perm?
하우 우 쥬 라이큐어 펌
파마를 어떻게 해드릴까요?

Just a trim.
저스터 츠림
약간만 다듬어주세요.

I'd like my ears to show.
아이드라익 마이이어즈 투쇼우
귀가 보이게 하기를 원합니다.

일상회화
영어표현

01 만남 인사

Hi.

하이.

안녕하세요

Hello.

헬로우

안녕하세요.

Good morning

굿 모닝

안녕하세요(아침 인사)

Good afternoon.

굿 애프터눈

안녕하세요(오후 인사).

Good evening.

굿 이브닝

안녕하세요(저녁 인사)

Good night.

굿 나잇

안녕히 주무세요

Good-bye.
굿바이
<u>안녕히 가세요.</u>

Bye.
바이
<u>안녕.</u>

See you.
씨유
<u>안녕.</u>

See you later.
씨 유 레이러
<u>나중에 만나요.</u>

See you tomorrow(next week).
씨 유 터마로우 (넥스트 윅)
<u>내일 만나요.(다음 주에)</u>

See you at 7.
씨 유 앳 쎄븐
<u>7시에 만나요.</u>

Have a nice a day(weekend).
해 버 나이스 데이(위켄드)
<u>좋은 하루 보내세요(좋은 주말).</u>

03 초면인사

How do you do?
하우 두 유 두
처음 뵙겠습니다.

Nice to meet you.
나이스 투 미 츄
만나서 반가워요.

Nice to meet you, too.
나이스 투 미 츄 투
저도 역시 만나서 반가워요.

Let me introduce myself.
렛 미 인츠러듀스 마이셀프
저를 소개하겠습니다.

My name is Jin-Su Kim.
마이 네이미즈 진수 김
제 이름은 김진수입니다.

I am from Korea.
아이엠 프럼 코리아
저는 한국에서 왔어요.

This is my friend, Smith.
디스이즈 마이프렌드 스미스
디스이즈 마이프렌드 스미스

Pardon me?

파든 미

다시 한번 말씀을?

Pardon?

파든

다시 말씀을?

I'm sorry I didn't catch what you said.

아임 쏘리 아이디든 캐취 워 류 쎗

미안합니다만 말씀하신 것을 알아듣지 못했습니다.

Would you please write it down?

우 쥬 플리즈 롸이딧 다운

그걸 써 주시겠습니까?

How do you spell that?

하우 두 유 스펠 댓

그건 철자가 어떻게 되나요?

Can you speak more slowly?

캐 뉴 스삑 모어 슬로울리

좀더 천천히 말씀해주시겠어요?

Can you speak a little louder?

캐 뉴 스삑 어 리를 라우더

좀 더 크게 말씀해주시겠어요?

05 감사

Thank you (very much).
땡 큐 (베리 머취)
감사합니다.(매우)

Thanks (a lot).
땡스 (어랏)
감사해요.(매우)

Thank you for your kindness.
땡 큐 퍼 유어 카인니스
당신의 친절에 감사드립니다.

Thanks for calling.
땡스 퍼 콜링
전화해주셔서 감사합니다.

Thanks for coming.
땡스 퍼 커닝
와 주셔서 감사합니다.

Not at all.
나 래 롤
천만에요.

You're welcome.
유어 웰컴
천만에요.

Sorry.
쏘리
미안해요.

I am very sorry.
아이엠 베리 쏘리
대단히 죄송합니다.

Excuse me.
익스큐즈 미
실례합니다.

I'm sorry I'm late.
아임 쏘리 아임 레잇
늦어서 미안합니다.

I'm sorry to bother you.
아임 쏘리 투 바더 유
귀찮게 해서(폐를 끼쳐서) 죄송합니다.

Sorry to interrupt you.
쏘리 투 인터럽츄
방해해서 죄송합니다.

That's all right.
대츠 올 롸잇
괜찮습니다.

May I ask a favor of you?
메이아이 애스커 페이버러브유
제가 부탁 한 가지 해도 될까요?

Do you mind if I open the window?
두 유 마인드 이프아이 오픈더 윈도우
제가 창문을 열어도 될까요(괜찮을까요)?

No, of course not.
노우 어브코ㄹ스 낫
물론 괜찮습니다.

May I help you?
메이 아이 헬퓨
도와드릴까요?

May I use your telephone?
메이아이 유즈유어 텔러폰
전화 좀 사용해도 될까요?

Can I sit down here?
캐나이 씻 다운 히어
여기에 앉아도 될까요?

Sure.(No problem)
슈어(노 프라블럼)
물론이죠(괜찮아요)

I agree with you.
아이어그리 위드 유
동의합니다.

I think so.
아이 띵 쏘우
저도 그렇게 생각합니다.

Really?
릴리
정말이에요?

Is that so?
이즈댓 쏘우
그래요?

That's right.
대츠 롸잇
맞아요.

That's great.
대츠 그뤠잇
멋져요.

I hope so.
아이홉 쏘우
그렇게 되길 바래요.

09 연락처 묻기

How can I contact you?
하우 캐나이 컨택트 유
당신에게 어떻게 연락할 수 있죠?

How can I reach you?
하우 캐나이 리치 유
어떻게 당신과 연락할 수 있나요?

What's your phone number?
워츠 유어 폰 넘버
전화번호가 어떻게 되시죠?

I'm afraid I don't know.
아임 어프레이드 아이돈노우
잘 모르겠는데요.

Would you repeat that number?
우 쥬 뤼핏 댓 넘버
그 번호 다시 한번 말씀해주시겠어요?

Do you have his phone number?
두 유 햅 히즈 폰 넘버
그의 전화번호를 알고 있어요?

Did you call his office?
디 쥬 콜 히즈 아피스
그의 사무실에 전화해봤어요?

10 출신지 묻기

Where are you from?
웨어 라유 프럼
<u>**어디 출신이시죠? (어디에서 오셨어요)**</u>

Where do you come from?
웨어 두 유 컴 프럼
<u>**어디 출신이시죠?(어디에서 오셨어요)**</u>

What's your nationality?
워츠 유어 내셔낼러티
<u>**국적이 어디십니까?**</u>

May I ask your name?
메이 아이 애스큐어 네임
<u>**성함이 어떻게 되시죠?**</u>

What's your first name?
워츠 유어 퍼스뜨 네임
<u>**이름이 뭐죠?**</u>

What's your last name?
워츠 유어 래스뜨 네임
<u>**성이 뭐죠?**</u>

Are you American?
아 유 어메리컨
<u>**당신은 미국인이세요?**</u>

11 직업 묻기

What do you do?
웟 두 유 두
직업이 뭐죠?

What do you do for a living?
웟 두 유 두 퍼러 리빙
직업이 뭐죠?

Where do you work?
웨어 두 유 웍
직업이 뭐죠?

What's your job?
워츠 유어 잡
직업이 뭐죠?

What's your occupation?
워츠 유어 아큐페이션?
직업이 뭐죠?

What kind of job do you have?
웟 카이너브 잡 두 유 햅
어떤 일을 하시죠?

What company are you working for?
웟 컴퍼니 아 유 워킹 퍼
어떤 회사에서 일하고 계시죠?

How many are there in your family?
하우 메니 아 데어 이뉴어 패밀리
가족이 몇 명이죠?

There are 5 in my family.
데어 라 파이브 인마이 패밀리
우리 식구는 5명입니다.

I have two girls and a boy.
아이햅 투 걸즈 애너 보이
딸 둘과 아들 하나가 있습니다.

How many children do you have?
하우 메니 칠드런 두 유 햅
자녀가 몇 명이나 됩니까?

I have one son.
아이햅 원 썬
아들이 하나 있습니다.

How many brothers and sisters do you have?
하우 메니 브라더즈 앤 씨스터즈 두 유 햅
형제 자매는 몇 명입니까?

I have one son.
아이햅 원 썬
아들이 하나 있습니다.

13 결혼 여부

Are you married?
아 유 매리드
결혼하셨나요?

Are you single?
아 유 씽글
당신은 독신이세요?

Are you married or single?
아 유 매리드 오어 씽글
결혼하셨나요, 아니면 미혼이신가요?

Do you have any children?
두 유 햅 에니 칠드런
자녀가 있으신가요?

I'm not married.
아임 낫 매리드
아임 낫 매리드

I'm engaged to Tom.
아임 인게이지드 투 탐
저는 탐과 약혼했어요.

None of your bussiness.
너너브 유어 비지니즈
참견마세요.

What's your hobby?
워츠 유어 하비
취미가 뭐죠?

I like reading and listening to music.
아이라익 뤼딩 앤 리스닝 투 뮤직
저는 독서와 음악감상을 좋아합니다.

How do you spend your free time?
하우 두 유 스뻰 유어 프리타임
여가 시간을 어떻게 보내십니까?

Do you collect anything?
두 유 콜렉트 에니띵
뭔가를 수집하십니까?

What are you interested in?
워 라 유 인터레스티딘
뭐에 관심이 있으시죠?

I'm a member of a health club.
아이머 멤버러브 어 헬스클럽
저는 헬스클럽 회원입니다.

What kind of movie do you like best?
웟 카이너브 무비 두 유 라익 베스트
어떤 영화를 가장 좋아하십니까?

15 시간 묻기

What time is it?
워타임 이즈잇
<u>**몇 시 입니까?**</u>

Do you have the time?
두 유 햅 더 타임
<u>**몇 시죠?**</u>

Do you know the time?
두 유 노우 더 타임
<u>**몇 시죠?**</u>

What time do you have?
워 타임 두 유 햅
<u>**워 타임 두 유 햅**</u>

It's 5 past 7.
이츠 파이브 패스트 쎄븐
<u>**7시 5분입니다.**</u>

It's seven ten.
이츠 쎄븐 텐
<u>**7시 10분입니다.**</u>

It's 5 to 8.
이츠 파이브 투 에잇
<u>**8시 5분 전입니다.**</u>

16 날씨

How's the weather today?

하우즈 더 웨더 투데이

오늘 날씨가 어때요?

It's fine.

이츠 파인

날씨가 맑아요.

What's the forecast for today?

워츠 더 퍼어캐스트 퍼 투데이

오늘의 일기예보에서는 뭐라고 해요?

It's cloudy.

이츠 클라우디

날씨가 흐립니다.

It's windy.

이츠 윈디

이츠 윈디

It's raining.

이츠 뤠이닝

비가 내리고 있습니다.

It's hot.

이츠 핫

덥습니다.

Congratulations!
컨그래츌레이션즈
축하합니다.

Congratulations on your promotion!
컨그래츌레이션즈 어뉴어 프러모우션
승진을 축하드립니다.

Congratulations on your graduation!
컨그래츌레이션즈 어뉴어 그래쥬에이션
당신의 졸업을 축하드립니다.

Congratulatons on your new baby!
컨그래츌레이션즈 어뉴어 뉴 베이비
아이의 탄생을 축하드립니다.

Happy birthday!
해삐 버스데이
생일을 축하합니다.

Cheers!
치어즈
치어즈

To our health!
투 아우어 헬스!
우리의 건강을 위하여!

I'd like to invite you to my home.
아이드라익투 인바이츄 투마이호움
<u>**당신을 저의 집으로 초대하고 싶습니다.**</u>

Sure. I'll be glad to come.
슈어ㄹ. 아일비 글랫투컴
<u>**그럼요. 기꺼이 찾아뵙겠습니다.**</u>

Can you come to dinner at our house tomorrow night?
캐 뉴 컴 투 디너 애라우어 하우즈 터마로 나잇
<u>**내일 밤 우리 집에 저녁 식사하러 올 수 있어요?**</u>

I'm sorry I can't come.
아임 쏘리 아이 캔트 컴
<u>**미안하지만 갈 수 없어요.**</u>

I'm sure I can come.
아임 슈어 아이 큰 컴
<u>**물론 갈 수 있습니다.**</u>

Thank you for inviting me.
땡 큐 퍼 인바이딩 미
<u>**초대해주셔서 감사합니다.**</u>

It's a housewarming party.
이츠어 하우스워밍 파리
<u>**그건 집들이 파티입니다.**</u>

19 방문

Please come in.

플리즈 커민

어서 들어오세요.

Thank you for inviting me.

땡 큐 퍼 인바이딩 미

초대해줘서 감사합니다.

Welcome to my house.

웰컴 투 마이 하우즈

저의 집에 오신 것을 환영합니다.

Make yourself at home.

메이큐어셀프 애롬

마음 편히 하세요.

You have a very nice home.

유 해버 베리 나이스 홈

집이 참 멋지군요.

It's my pleasure to have you.

이츠 마이 플레줘 투 해뷰

당신을 모시게 되어 기쁩니다.

May I take your coat?

메이아이 테이큐어 코우트

코트를 받아드릴까요?

Please help yourself.
플리즈 헬퓨어셀프
마음껏 드세요.

Please help yourself to the cake.
플리즈 헬퓨어셀프 투 더 케익
케익을 마음껏 드세요.

What would you like to eat?
웟 우 쥬 라익 투 잇
뭘 드시겠습니까?

Please pass me the salt.
플리즈 패스 미 더 썰트
소금 좀 건네 주세요.

This is delicious.
디스이즈 딜리셔스
이거 맛있군요.

May I have some more water?
메이아이 햅 썸 모어 워러
물 좀 더 주시겠어요?

No, thank you. I'm full.
노 땡큐 아임 풀
아닙니다. 배가 부릅니다.

21 커피

Would you like coffee?
우 쥬 라익 커피
커피 드실래요?

Do you take sugar or cream in your coffee?
두 유 테익 슈거 오어 크림 이뉴어 커피
커피에 설탕이나 크림을 넣으세요?

One and a half teaspoon, please.
워내너 해프 티스뿐 플리즈
워내너 해프 티스뿐 플리즈

Would you like something to drink?
우 쥬 라익 썸띵 투 즈링크
마실 것 좀 드시겠어요?

No, thank you.(Yes, please.)
노 땡 큐 (예스 플리즈)
아니요. 괜찮아요.(네, 주세요)

Would you like some more?
우 쥬 라익 썸 모어
좀 더 드시겠어요?

That's enough for me.
대츠 이너프 퍼 미
저는 그만하면 됐어요.

22 여가 시간1

What do you do in your free time?
웟 두유 두 이뉴어 프리 타임
<u>**여가 시간에 뭘 하시나요?**</u>

How do you spend your leisure time?
하우 두 유 스뻰드 유어 레저 타임
<u>**여가 시간을 어떻게 보내세요?**</u>

What do you do in your spare time?
웟 두 유두 이뉴어 스뻬어 타임
<u>**여가 시간에 뭘 하시죠?**</u>

I read or listen to music.
아이 뤼드 오어 리슨투 뮤직
<u>**독서를 하거나 음악을 듣습니다.**</u>

What kind of music do you like?
웟 카이너브 뮤직 두 유 라익
<u>**어떤 종류의 음악을 좋아하세요?**</u>

I watch TV and sometimes I go to the movies.
아이 워치 티비 앤 썸타임즈 아이 고우투더 뮤비즈
<u>**TV를 보거나 때로는 영화를 보러 갑니다.**</u>

I play tennis after school.
아이 플레이 테니스 애프터 스꿀
<u>**저는 방과 후에 테니스를 칩니다.**</u>

When is the most convenient time for you?
웨 니즈 더 모우스트 컨비니언 타임 퍼 유
가장 편리한 시간이 언제입니까?

What time would be best for you?
워타임 웃 비 베스트 퍼 유
몇 시가 가장 좋겠습니까?

Would you like to have lunch with me?
우 쥬 라익 투 햅 런치 위드 미
나와 함께 점심 식사를 하시겠어요?

Where do you want to meet?
웨어 두 유 워 너 밋
어디에서 만나기를 원하세요?

Any time in the evening will be fine.
에니 타임 인 디 이브닝 윌 비 파인
저녁이면 아무 때나 좋겠습니다.

How about noon?
하우 어바웃 누운
정오가 어때요?

Please call before you come.
플리즈 콜 비포어 유 컴
오기 전에 전화하세요.

부 록

주기도문

사도신경

The Lord's Prayer
주기도문

Our Father who art in heaven, hallowed be thy name,
아우어 파더 후 아트 인 헤븐 헬로우드 비 다이 네임
thy kingdom come, thy will be done on earth, as it is
다이 킹덤 컴 다이 윌 비 던 언 어쓰 애즈이리즈
in heaven. Give us this day our daily bread;
인 헤븐 비버즈 디스 데이 아우어 데일리 브렛
and forgive us our debts, as we forgive our debtors;
앤 퍼기버스 아우어데츠 애즈 위 퍼기브 아우어 데터즈
and lead us not into temptation, but deliver us from evil.
앤 리드 어즈 낫 인투 템테이션 벗 딜리버러즈 프럼 이블
For thine is the kingdom, and the power, and the glory,
퍼 다인 이즈 더 킹덤 앤 더 파우어 앤 더 글로리
forever. Amen.
퍼레버 에이멘

하늘에 계신 우리 아버지여, 이름이 거룩히 여김을 받으시오며,
나라에 임하옵시며 뜻이 하늘에서 이룬 것 같이
땅에서도 이루어지이다. 오늘날 우리에게 일용할
양식을 주옵시고,
우리가 우리에게 죄지은 자를 사하여준 것 같이,
우리의 죄를 사하여 주옵시고,
우리를 시험에 들게 하지 마옵시고 다만 악에서 구하옵소서.
대개 나라와 권세와 영광이 아버지께 영원히
있사옵나이다. 아멘.

The Apostles' Creed
사도신경

I believe in God the Father Almighty, Maker of heaven and earth;
아이 빌리빈 갓 더 파더 올마이티 메이커러브 헤븐 앤 어스
And in Jesus Christ His Only Son our Lord; Who was conceived by
앤 인 지저스 크라이슷 히즈오운리썬 아우어로드 후 워즈 컨씨브드 바이
the Holy Spirit, born of the Virgin Mary, suffered under Pontius Pilate,
더 호울리 스삐릿 보너브 더 버진 메어리 써퍼드 언더 판쳐스 파일럿
was crucified, dead, and buried; He descended into hades;
워즈 크루씨파이드 데드앤 베리드 히 디쎈딧 인투 헤이즈
the third day He rose from the dead; He ascended into heaven,
더 써드 데이 히 로우즈 프럼 더 뎃 히 어쎈딧 인투 헤븐
and sitteth on the right hand of God the Father Almighty;
앤 씻쓰 언 더 롸잇 핸더브 갓 더 파더 올마이티
from thence He shall come to judge the quick and the dead.
프럼 덴스 히 쉘 컴 투 저쥐 더 퀵 앤더 뎃
I believe in the Holy Spirit, the Holy Christian church,
아이 빌리빈 더 호울리 스삐릿 더 호울리 크리스쳔 처치
the communion of saints, the forgiveness of sins,
더 커뮤니어너브 쎄인츠 더 퍼기브니스 어브 씬즈
the resurrection of the body, and the life everlasting, Amen.
더 레저렉션 어브 더 바디 앤 더 라이프 에버래스팅 에이멘

전능하사 천지를 만드신 하나님 아버지를내가 믿사오며,

그 외아들우리 주 예수 그리스도를 믿사오니,

이는 성령으로 잉태하사 동정녀 마리아에게 나시고,

본디오 빌라도에게 고난을 받으사 십자가에 못박혀 주으시고

장사한 지 사흘 만에 죽은 자 가운데서 다시 살아나시며,

하늘에 오르사 전능하신 하나님 우편에 앉아 계시다가

저리로서 산 자와 죽은 자를 심판하러 오시리라.

성령을 믿사오며 거룩한 공회와 성도가 서로 교통하는 것과

죄를 사하여 주시는 것과 몸이 다시 사는 것과

영원히 사는 것을 믿사옵나이다. 아멘.

memo

memo

memo

memo

memo